大英图书馆

·侦探小说黄金时代经典作品集·

牛津谜案

DEATH ON THE CHERWELL

————————

［英］梅维斯·多里尔·海　著

魏波珣子　译

中国青年出版社

序　言

以牛津大学为背景创作侦探小说的传统可以追溯到80年前，比柯林·德克斯特的《摩斯探长》还要早上几十年，而且此传统延续至今，经久不衰。

这一传统的建立归功于约翰·塞西尔·马斯特曼1933年创作的侦探小说《牛津悲剧》以及亚当·布鲁姆1929年创作的《牛津谋杀案》。但要说到这一特殊类型作品的先驱者，被遗忘已久的梅维斯·多里尔·海是其中当之无愧的一位，她的第二本小说《牛津谜案》于1935年面世，故事发生在虚构的泊瑟芬学院里。

巧合的是，多萝西·L.塞耶斯的"彼得·温西勋爵探案系列"之《俗丽之夜》也于同年出版，这部小说算得上是发生在牛津大学女子学院里最著名的故事了。该书主人公哈略特·凡的母校什鲁斯伯里学院，原型便是塞耶斯就读的萨莫维尔学院。而梅维斯在《牛津谜案》里描写的学院处处透露着牛津大学圣希尔达女子学院的痕迹，它与"玛格丽特夫人"女子学院（在本书中以"LMH"的缩写形式出现）是彻韦尔河沿岸仅有的两个女子学院。

由此不难判断，梅维斯·多里尔·海就是圣希尔达女子学院的学生，梅维斯于1913～1916年在牛津大学里度过了三年时光，同院毕业的名人还有侦探小说家P.D.詹姆斯和薇儿·麦克德米德。

《牛津谜案》第一章里"那些大学生，特别是大一新生，当然算不得是理智成熟的成年人"——便是她从学校生涯中摘取的一段回忆。

梅维斯无法像其丈夫阿奇博尔德那样从牛津大学取得学位。尽管早在19世纪就已建立4个女子学院，但牛津大学直到1910年才承认女性学员的存在，到1920年才开始将学位授予女性学员——此时距梅维斯毕业离校已有4年之久。

如此一来，我们便能理解为什么《牛津谜案》会探讨对女性的偏见了。梅维斯在此作品中对女性教育的观点虽不如赛耶斯的《俗丽之夜》那样明晰，但看得出来她们"英雄所见略同"。

在梅维斯第一部小说《地铁疑案》中横死的受害者人缘极差，本书中的受害者——担任学院财务主管的丹宁小姐也是一样。为了避免对学院造成负面影响，几个学生叫上自己的朋友对案件展开了秘密调查。这个故事超乎常规，案发之地也出人意料。因此，院长柯德尔小姐当然认为："泊瑟芬学院的财务主管没有遭到杀害。"但别忘了，本书可是一部侦探小说。

如此的逻辑让人不由得想起书中刻画的一位当地农场主——隆德先生，大家都认为他不可能杀人，因为他出身于"一个有良好教养传统家庭"。

然而，隆德厌恶女性，不允许女人踏入自己的房子，在他伊丽莎白式府邸的壁炉架上还刻有诅咒女性的言论。在作者眼里，他或许就代表了牛津大学本身。

梅维斯似乎对她上一本小说中低调登场的警探很满意，于是一个富有同情心并且充满智慧的角色——韦恩督查来了，完全不同于当地那些粗鲁的警察。在找寻真凶的角逐里，业余侦探们的速度并不比他慢多少，但他依然是一位强劲的对手。这场侦查还演变成了泊瑟芬学院的女同学和圣西缅学院的男同学之间的较量。接近尾声时，似乎所有嫌疑人都不存在犯罪的可能，不过在梅维斯·多里尔·海的世界里，道德层面的罪恶感也占有相当大的比重。

非常遗憾，梅维斯·多里尔·海在《牛津谜案》之后只创作了一部作品。当时"二战"在即，残酷的战争几乎改变了她的一生。梅维斯直到35岁才成婚，她的丈夫阿奇博尔德·菲茨伦道夫来自加拿大一个富有且颇具影响力的皇室家族。阿奇博尔德加入了英国皇家空军，却在1943年的一起空难中丧生。不难想象，丈夫的死对于经历过两次世界大战的梅维斯来说，并非生命中唯一一次惨变。1916年，她19岁的兄弟在日德兰海战中溺亡；1939年，她最小的弟弟所乘的飞机在马来亚战役中坠毁；一年后，家中的老三也因修泰缅铁路而牺牲。

不再创作侦探小说之后，梅维斯回归到自己最初的兴趣——传统手工艺品。她曾担任农村工业管理局的研究员，该机构成立于20世纪20年代，旨在鼓励贫困地区的手工艺产业。梅维斯推动了威尔士绗缝产业的发展，使得梅维斯·菲茨伦道夫这个名字被人们铭记至今。据说她人脉甚广，可以在贵族们的家中举办展览，这一渊源可能与她丈夫的菲茨伦道夫家族有关。阿奇博尔德的一位表妹嫁给了约翰·达什伍德，成了乔治五世的侍女。

自1950年起，梅维斯又出版了几本著作，包括为妇女协会创作的《30件手工艺品》和1972年发表的《浅谈绗缝》。她后来一直在格罗斯特郡生活，于《浅谈绗缝》完成后的第七个年头与世长辞。

梅维斯·多里尔·海短暂的创作生涯是侦探小说界的一大损失，而更令人惋惜的是，她去世不过数年便被人们遗忘得一干二净。这次看到她的作品能重新呈现于读者面前，我真的是十分开心。

斯蒂芬·布思

英国警衔说明

————————————————

由于"侦探小说黄金时代"系列小说的故事发生地主要在英国，书中机警睿智的侦探也以英国警察为主，所以在读者阅读本书之前我们先对英国的旧时警衔和称呼做一些简略介绍，以便读者更好地理解小说背景。

英国的旧时警衔主要分为5等（从高到低）：

警察总监（Chief Constable）；

警司（Superintendent）/总警司（Chief Superintendent）；

督察（Inspector）/总督察（Chief Inspector）；

警长（Sergeant）；

警员（Constable）。

伦敦以外地区的警署还有以下几种职级（从高到低）：警察局长（Chief Constable）、警察局副局长（Deputy Chief Constable）、助理警察局长（Assistant Chief Constable）。

另外，对于担任刑事调查部门或其他某些特别部门职务的警务人员，一般会在他们的职级之前加有"侦探（Detectives）"前缀，本书中译为"警探"。此类警务人员由于职责性质特殊，所以一般不穿制服，而着便衣执行任务。

在警务人员的升迁或训练等临时过程中，他们的职级还会加有"实习（Trainee）""临时（Temporary）""代理（Acting）"的前缀。

目　录

第一章

顺流而下的财务主管

一月的一天下午，尽管刚到四点，天色已经暗了下来，倾斜的屋顶上覆盖着冰冷的瓦楞铁皮，从屋顶低头望去是混浊的彻韦尔河，抬头则是一棵光秃秃的柳树。但萨莉·沃森坚称那里是密谈的绝佳地点，她的同伴们也一致赞同，欣然前往。唯有达芙妮·洛维里奇的脸上流露出一贯的不满，她带上了一条厚毯子，像是对萨莉的选择发出无声的质疑，顺便借此缓解屋顶上的寒冷。

那些大学生，特别是大一新生，算不得是理智成熟的大人，有时候的所作所为甚至比小毛孩儿还要幼稚。摆脱中学的严厉束缚令之兴奋，而负担沉重的工作也还遥遥无期，因此他们踏入大学校园时，宛如保留清晰前世记忆的新生儿。这些家伙总是不把权威放在眼里，而且在大学这样闭塞的环境里，想要在余下三年成为风靡全校的"风云人物"似乎也轻而易举，如此一来，兴奋之情便又增添了几分。大学生涯稍纵即逝，他们不会放过任何一个展现自我的机会，由此便能轻松地获得"有创意"的标签，这比中学时"淘气包"的外号可要体面得多。他们认为有不拘一格的创意再稍加努力，便足以为今后的上等生活奠定坚实的基础了。

大学生们最爱的消遣方式要数组建秘密社团，这可比中学时代小打小闹的小团体要高出一个档次。每个秘密社团都有其独一无二的宗旨、具有象征性意义的暗号以及入会仪式。达芙妮·洛维里奇、格温妮丝·潘恩和妮娜·哈森聚集在牛津泊瑟芬学院里一间船屋的屋顶上，等萨莉·沃森一到，她们就能开始"洛德联盟"的创立仪式了。牛津大学素来有为河段命名的传统，而临近泊瑟芬学院所在岛屿的河段恰好叫作"洛德"，联盟的名字便由此而来。

下午四时，西姆塔上传来的钟声响彻彻韦尔河上空，几分钟后，萨莉穿过草地飞奔着去和其他人会合。她一屁股坐到达芙妮的毯子上，手腕上系着一根黄绳子，上面挂着五枚由银丝绞成的戒指。

"五个？"格温妮丝惊诧道，"你没叫德莱格吗？"

"为什么要叫她？"萨莉厉声反驳道。得让格温妮丝明白联盟的集体决策是神圣不可亵渎的，就算是联盟领袖也必须遵守。

"不过我还有个提议。既然叫洛德联盟，那洛德就是我们的守护神了，也得扔一枚戒指到河里去。"

"没必要。"格温妮丝反驳道。

"我们可以扔做工最差的那个，"达芙妮建议，说完便仔细端详起那几枚戒指。

"你们也真够俗气的。"妮娜语带讽刺。

"我倒觉得这主意不错，萨莉。这样一来约束力就更强了。"

"明明就是华而不实，做些表面功夫。"格温妮丝嘟囔着，毫不买账。

"不懂什么叫象征意义吗，小姑娘？"妮娜惋惜地说，"你接受着英国文化的熏陶，骨子里却没能融入一点诗意。"

"赶紧开始吧，"达芙妮催促道，"冷死了。"

"等会儿宣誓完，先去我房间里喝杯茶，再把联盟的宗旨写进放在我那儿的密语本里，"萨莉下指令，"天很快就黑了。"

"天黑正好适合进行秘密活动。"达芙妮说。

"随便吧，还有人没来吗？"格温妮丝问道。

"当然，大家这么准时，我很开心，"萨莉赞许地说，"但我总不能因为我有急事就让莫特缩短他的辅导时间。"

"要是碰上我们敬爱的柯德尔小姐就趁早死心吧，她可不会同意这种事情。"达芙妮打断道。

"可是他好像有什么事，急着要离开……"

"还以为你习惯性迟到呢。"达芙妮再次打断道。

"我只是晚了几分钟而已。莫特肯定心情不好，要不怎么对我的论文不太满意。"

"或许因为没能跟往常一样睡上午觉。"格温妮丝猜测。

"莫特不是这样的人。"达芙妮断言，"他身强体健，穿着短裤去游泳或者绕着公园跑步倒是更有可能。"

"或者和柏丝比赛划独木舟去了。"格温妮丝说。

"不会的。"萨莉肯定地说，"虽然我不知道为什么达芙妮这么肯定他身体强壮，但莫特是个白人，他不会和学校里的渣滓同流合污。不管怎样，还是得感谢他抽空给我补课，上次的课我因为得了流感错过了。"

"正好提醒我了，你病还没完全好，船屋屋顶可不是我们热心的财务主管小姐会推荐的地方。"妮娜说，"我们最好快点儿。"

"记住，"萨莉提醒他们，"等联盟正式建立后，所有人在提到柏丝前，都必须先诅咒她一番。"

"那还真是可惜了，"达芙妮若有所思道，"德莱格不在。她最会诅咒人了，那可是她那个斯拉夫家庭的浪漫传统的一部分。"

"你们都同意……"萨莉指出。

"不行，我们不能让德莱格加入，"格温妮丝打断道，"不该较真的事情她总较真，该谨慎的事情她却冒冒失失。你永远不知道她会有多离谱，她要是激动起来，都有可能直接对柏丝痛下杀手，让大家全都坐牢。再说了，她压根藏不住秘密。"

"但是，"达芙妮问道，"如果我们的手上一直戴着这个张扬的指环，又怎么保守秘密呢？"

"你没必要告诉别人你戴的是什么戒指吧？"妮娜说。

"我们不能戴在脚趾头上吗？"格温妮丝建议道。

"到了夏天，脚趾头也会露出来。"达芙妮一针见血。

"你们拿它当鼻环戴都行。"萨莉不再坚持。

"柏丝会说这样不卫生，然后定个新规矩——只要违反就罚款。"妮娜说。

"但撇开戒指不说，"格温妮丝问，"如果柯德尔小姐问起别的事，提到了柏丝，我们又不得不回答，这种情况我们怎么守住秘密，是不是必须得先说，'诅咒丹宁小姐'？"

"你可长点脑子吧。不过说真的……"萨莉认真地向前探了探身，"我相信，如果你虔诚地诅咒一个人，她就一定会在周遭感受到一些不健康的空气，继而变得憔悴，就算逃离，最终也会发现哪里都一样。"

"我简直无法理解，泊瑟芬这种专为年轻女性建造的体面学院怎么会容许柏丝这样的衰人存在。"

"振作一点，格温妮丝，"达芙妮建议道，"如果你对植物学有些许了解，你就会知道真菌是在潮湿之地自然生长的，而牛津，特别是我们学院所在的珀斯岛恰好就是符合条件的地方。这是原始的生存之道。就算我们将柏丝根除，她也毫无疑问地会再次生长，但我们还是得尽我们所能维持和平。而且，'泊瑟芬有位财务主管，我们原本无仇无怨。但她的恶行对我们造成了伤害，所以我们才会建立洛德联盟诅咒她'。"

"很好，"萨莉评价说，"这个也要写进我们的密语本里。天色已晚，我们赶快宣誓，好回去烤松脆饼吃。格温妮丝，我当你是真心想加入联盟，但你却什么建设性意见都没有，只顾着挑刺！"

"我当然想加入了！"格温妮丝解释道，"虽然这铁皮屋顶的寒气侵入了我的五脏六腑，但我依旧热情不减。"

"达芙妮，你呢？"

"我完全赞成——不过我想知道我的誓言到底会对柏丝造成多大的伤害？如果看见她在冰冷的彻韦尔河中可怜地挣扎，应该救她上来吗？"

"我敢说她的游泳技术和水獭有一拼。"妮娜肯定道。

"我们以后再谈细节，"萨莉严肃地说，"但我觉得不可以有真正的犯罪行为。大家站起来吧，这样更正式。"

"但也更危险。"达芙妮指出。

4:15的钟声从西姆塔传来，在暮色中回荡。

"这个点真吉利，"萨莉说，"了解重要事件的发生时间总归是不错的。"

格温妮丝迅速从毯子上站起来，差点摔倒。"它要掉下去了，"她尖叫着，"我们都会成为水中祭品！"

"谁让达芙妮只顾着享乐，还非得带条毯子。"萨莉语气严肃。她站在倾斜的屋顶上，身形不稳，其他人也摇摇晃晃地站起来，跟着她宣誓：

"我们在此声明，将在泊瑟芬学院积极生活，提升自我，为根除一切邪恶的影响、抑制柏丝真菌的生长，以及提高思想道德而努力——"

萨莉解开黄绳子上的结，庄严地伸出手，将戒指放在手心，就在其他人伸手去拿时，格温妮丝激动地喊道：

"有人来了！"

在船屋前方的彻韦尔河拐角处，纵横交错的灌木丛被黑暗笼罩着，独木舟的船头由于灌木丛的阻挡而微微摇摆。

"说不定是柏丝，"达芙妮低声说，"德莱格说她划舟往下游来了。"

"就算真是柏丝又怎么样。别这么傻站着了，又不是等着拍照的出水芙蓉。"妮娜提议，她坐了下来，佯装是在欣赏风景。

　　一阵刺耳的噪声传来，那是坚硬的树枝刮擦独木舟的声音。"方向都控制不好。"有人嘟囔了一句。河岸两边是浓密的灌木丛，中间夹着一条黑暗河道，阴沉的冬日傍晚光线微弱，隐约看到一艘独木舟在河面上漂浮着，却没有人在划桨。

　　"上面没有人！"格温妮丝高声尖叫，"大家都想错了。"

　　"不，有人，她是躺着的——"

　　"做着夏日午后的梦。"达芙妮喃喃地说。

　　"像《夏洛特夫人》那幅画里一样，乘着独木舟顺流而下，她八成在玩什么新浪漫主义。"妮娜轻蔑地说。

　　"有点不对劲！"萨莉淡定理智的语调掩盖了她内心忽隐忽现的恐惧。"拿船钩来，不行，要撑篙，快！"

　　她从屋顶跳到台阶上，台阶的最底端与河面相连，她弯下腰，踏进停泊在那里的一艘平底船里，接着跳到更远处的另一艘船上，一系列动作令船大幅度晃动，互相碰撞，溅起一阵阵水花。她的动作太快了，其他人还在她头顶上移动，把铁皮屋顶踩得震天响。但如此吵闹的环境，都没能叫醒独木舟上的人。

　　"快！快！"萨莉喊道，"给我撑篙！"不过随即她就在旁边一艘平底船上看到了一根竖立着的竿子，被绳子固定在船体外一侧。她猛地将它抽出来，伴随着敲击的响声又溅起一阵水花。达芙妮拿着一根竿子也走到台阶上，妮娜和格温妮丝则举着船桨跟跟跄跄地跟在她后面，差点儿没把她推进水里。独木舟随着水流缓慢地向下游漂移着，现在差不多与台阶处在同一高度了。

萨莉拿稳竿子："它会漂得越来越远，那些平底船有没被锁着的吗？"

妮娜所在的船不停摇晃着，她尽量倾身贴近屋顶，用手扯了扯锁链，"就知道会这样，需要什么就没什么。"

没有人愿意离开现场去船屋里取钥匙。

"抓着我——"萨莉冒险探出身子，将重量不轻的竿子尽可能地往外伸。"我要掉下去了，抓紧点儿，我够到它了！船身横过来了，达芙妮，钩住船尾！"

"这艘独木舟就是柏丝的'法拉隆'。"格温妮丝低喃。

"人也是她没错。"妮娜证实道。

她们将独木舟拉至与平底船平行的位置。上面的女人全身伸展着躺在独木舟的横梁之下，一件长款毛呢大衣盖住了身体的一部分。她穿的绿色毛线衫和毛呢裙子全都湿透了，湿漉漉的金发遮住了她的一只眼睛，还沾了几缕在被污泥弄脏、毫无生气的脸上。她的嘴半张着，另一只眼睁得大大的，眼里却是一片茫然。

"她淹死了！"格温妮丝惊恐地倒抽一口凉气。

"人怎么可能在独木舟上淹死？"萨莉严肃地质疑。"可能只是病发，我们把她拖出来。不行，先把独木舟绑好。"

泊瑟芬学院的财务主管玛拉·丹宁①并非大块头，但困难之处在于，僵硬的身体原本就够重了，再加上湿透的衣服，四个女孩挤在狭窄的台阶上，还要从独木舟的横梁下把她弄出来，再抬到由碎石铺成的小路上。

突然发生这样恐怖的事情，眼下她们已经无暇顾及洛德联盟。直到冰冷的尸体被安置在了路边，格温妮丝才突然想起，此次事件与她们相聚于此的目的之间所存在的可怕联系，顿时大惊失色。

"不能继续下去了，我们最好离开这里。"她建议道，声音不住地颤抖。

"试试人工呼吸。"达芙妮迟疑地说。

"可已经无济于事了！"格温妮丝哭着说。"我们——"她浑身颤抖。

"别这么冷血！"萨莉命令道。"当然了，不许跟任何人提起联盟的事。它和这件事……没有任何关系。"说话间，她协助妮娜对这具毫无反应的躯体采取急救措施。"以最快速度去找柯德尔小姐，让她打电话叫医生来。"

格温妮丝快速穿过湿漉漉的草坪，绕过船屋朝花园的大门跑去。

---

① 财务主管 bursar 与一种植物学真菌 genus Burse 读音相似，故称财务主管为柏丝。

第二章

纸包不住火

此时牛津大学泊瑟芬学院的院长办公室里，柯德尔小姐正要品茶，门突然被推开，她抬起头，视线离开茶托，望向脸色苍白的格温妮丝·潘恩。格温妮丝紧攥着门把手，嘴巴因喘不过气而大张着。柯德尔小姐有些恼怒，她的思想比较传统，希望人人都能做窈窕淑女，不想看到她的学生有任何粗鲁的行为。

"柯德尔小姐，出事了！丹宁小姐……在她的独木舟上……"格温妮丝上气不接下气地说。

"应该不严重吧……"肯定没什么事，柯德尔小姐心里想着，格温妮丝一副惊恐的样子太过于夸张了。

丹宁小姐可是游泳好手，河里就是她的地盘。

"我们也希望如此，可是……可是她好像淹死了！你最好赶紧叫医生——你的茶！"柯德尔小姐还端着那杯香

气四溢的茶，她正要品尝第一口，就被格温妮丝的话打断
了。茶水不但溅湿了盘子里的黄油面包，还流到柯德尔小
姐漂亮的棕色裙子上。她放下茶杯，发出不满的声音。

"格温妮丝，她现在人呢？怎么会……"

"本来在她的独木舟上，我们把她抬了出来，就放在
那间船屋旁的花园小路上，她们正在给她做人工呼吸。"

柯德尔小姐有些犹豫不定。在她的固有印象里，大学
生或多或少都与"恶作剧"挂钩。她总是害怕会在公共场
合出洋相，但这次不同，格温妮丝的恐慌看起来不像是
假的。

柯德尔小姐焦急地打电话询问："请问是舒德医生
吗？我是泊瑟芬学院的柯德尔。这边出了一起意外事故，
丹宁小姐在她的独木舟里……在河里……情况危急。对，
正在做人工呼吸。谢谢，再见。"她心神不宁地挂掉电话，
这时候说"再见"似乎不是什么好兆头。

大约10分钟后，舒德医生赶到事发地点，此时花园
已被夜色笼罩，萨莉和妮娜还在做着无用功，"抢救"着
浑身湿透的尸体。

"你们采取的措施是对的，但恐怕为时已晚，"他粗略
检查过尸体后对她们说。方才柯德尔小姐带着他穿过船屋
客厅来到现场，屋子里的灯光透过落地玻璃门照进花园
里，使她们得以看见彼此的面容，无一不是苍白惶恐，众

人站在路边，气氛微妙。

"你们在这儿待了多久？"他问姑娘们。

"从……我们发现她的时候刚过4:15。"萨莉告诉他。

"你们在河里看到了她的尸体？"

"对……不对，是在她的独木舟里。"

"独木舟里？那你们目睹了事发经过？"

"没有，我们只看到独木舟顺着河流漂了下来，然后才发现她在上面。"

"姑娘们，我没有要怪你们的意思。我只想了解发生了什么。"医生略带怒意地大声说道。他环视一周，"你们有谁能坦白告诉我事发经过吗？"

"我们也不知道发生了什么。"格温妮丝突然吼道，因焦虑痛苦而有些暴躁。"我们发现她的时候，她就躺在独木舟上，好像已经淹死了。我知道这听起来很荒谬。"

医生眼神凌厉地扫视了一圈。她们身上又湿又冷，现在想来，今天发生的一切真的太不可思议了。舒德医生的话深深冒犯了萨莉，她一言不发地站在一旁。

妮娜率先打破尴尬的沉默，说："我们看到一艘独木舟顺流而下。发现不对劲后，就用撑篙把独木舟钩到了岸边，然后就看见丹宁小姐，把她救了出来。"

"从河里救出来的？"

"不，从独木舟里。她躺在独木舟上，全身湿透，像是溺水了。"

医生听后微微摇头，眉头紧皱着，陷入沉思。不过调查案件本就不是他的职责。

"事到如今恐怕只能报警了，柯德尔小姐。可以借这屋里的电话一用吗？不介意的话麻烦在这儿等一会儿，我很快就回来。"

他大步向船屋里走去。柯德尔小姐转身看向女孩们，眼神里透着怀疑。她和玛拉·丹宁同事15年，有着深厚情谊，但由于太过震惊，她甚至还来不及悲痛。在危急情况下，她本能地展现出身为院长的冷静。

医生的最后一句话仿佛一个爆竹，在泊瑟芬学院的寂静花园里突然炸响。报警也就意味着要面对公众！

面对公众可谓柯德尔小姐的噩梦。哪怕是正面宣传，一旦牵扯到诸如"女大学生"或者"藏在学士帽里的俏皮金色卷发"之类的话题，即便事先打好招呼，那些报社记者也极易干出蠢事。更不必说这种丑闻了！这可是一起死亡谜案啊，太糟糕了！不过这四个学生就在事发现场，她们肯定可以解释清楚来龙去脉的吧。医生唐突的言行吓到了她们，她得委婉地从她们那儿获取真相。应当让她们知道不是什么话都能往外说，因为仅"神秘"二字，便足以吸引嗅觉如狗鼻子般灵敏的媒体蜂拥而上。

没过多久医生便回来了，他看了看女孩们，催促她们赶紧回去把湿衣服换掉，再喝点热水。

"你们换完衣服之后，就去我的办公室里等着，"柯德尔小姐指示道，"我会煮点茶给你们，我再声明一点，这件事不得对任何人透露半句。"

女孩们步履沉重地走过草坪。舒德医生安慰柯德尔小姐，"幸好韦恩督察在值班，可以马上赶来。他行事尤为谨慎。你了解事情的真实经过吗，柯德尔小姐？"

尽管柯德尔小姐的措辞足够委婉，却仍旧没能拨开这层迷雾，她感觉得到学生们对她说的话不甚赞同，充满了抵触情绪。

"她们才刚进大学就遇到这样可怕的事，自然容易慌乱，但我肯定，只要情绪稳定下来，她们就能说清原委。特别是萨莉·沃森，这几个人里要数她最理智。这件事本身也的确太过离奇了。"

"不能让你一直站在这儿吹风了，柯德尔小姐。事已至此我们也无能为力，我会等督察过来的。"

院长返回学院，成立仪式被迫中断，洛德联盟的成员们聚集在院长办公室里，心怀感激地猛灌热茶。另一边，督察也赶到了案发现场，两个警员抬着担架紧随其后，站在河边台阶上对现场观察一番后，才将尸体抬进船屋客厅里。

"据我检查，她属于溺水身亡，死亡时间为过去的

4～5个小时，"舒德医生告诉他，"但她的后脑有遭受重击的迹象，可能让她短暂失去了意识，不过还不足以致命。"

"击打她的头部……不对，据你所说这是独木舟，而非平底船，"督察深思道，"独木舟自重不够，在上面有大动作很容易失去平衡。再者，死者的脸、头发还有衣服上都沾满了泥巴。"

看起来并不像单纯的溺亡这么简单。

而且你发现了吗？她贴身的衣服都湿透了，外面的大衣却半干着。你说人是在独木舟上被发现的对吧？确定吗？"

"我不确定，"舒德医生有些不耐烦，因自己没有事先发现这些细节而愠怒道，"你最好去见见那几个女孩子。我到这儿的时候，她们已经把她放在路边了，就是你之前看到的地方。如果不做尸检，没人可以确定死因到底是什么，或者她是什么时候遭受重击的。"

四个女孩儿的"茶话会"因韦恩督察的到来而中断，但她们并不恼，听从他的话一起前往船屋。然而这个神秘事件已经在校园里不胫而走，正对着柯德尔小姐办公室的走廊和楼梯口，突然多了不少女仆和学生来回晃悠。在督察举着的手电筒的照射下，小路时隐时现，学院的窗户后面露出十几双眼睛，都盯着河边台阶和船屋。

督察用手电筒将船屋屋顶扫了一遍，一张毯子孤零零地躺在那儿。

"谁的大衣？"督察厉声询问道。

"是我的毯子。"达芙妮嘟囔着，"我们拿来垫着坐的。"

柯德尔小姐闻言眉毛一扬。

粗略查看了现场，提了一些例行问题之后，督察让两个警员去检查独木舟以及周围状况，自己则与其他人一道进了船屋。

"抱歉，大家得回避一下，好让我可以轮流向你们提问，"他语速缓慢，好像还在认真思考着什么，"你们发现她的时候附近还有其他人吗？"

"没有，整个花园里除了我们没有别人了。"萨莉告诉他。

"那有没有别的学生看见丹宁小姐什么时候上的独木舟，或者在下午见过她？"

"德莱格不是看到她了吗？"格温妮丝突然出声。

柯德尔小姐紧蹙的眉头被夜色掩盖。德莱格·采尔纳克？这也太……太不合适了！她一点都不希望她成为目击者，她不仅完全不受控，还稍不留神就可能辱没泊瑟芬学院的名声！

她们穿过狭窄的阳台走向客厅，丹宁小姐的尸体就存放在客厅的沙发上。柯德尔小姐后悔没带她们从屋子外面绕到花园门口去。但转念一想,这么多人一起走过学院,路上免不了碰上其他学生,必定会引起她们强烈的好奇心。走过客厅时,她们下意识地放轻脚步。柯德尔小姐将她们带到小型的公共休息室,那里正是莫特先生当天下午 3:00 ~ 4:00 带萨莉训练的地方。

"督察,如果你想在这儿讯问,其他人可以在我的房间等,就在隔壁。"柯德尔小姐说。她觉得主要目击证人还是待在她的房间里更为"稳妥"。脸色苍白的学生们依然没有缓过来,一路沉默,但她极为担心,一旦审问结束,她们获得自由后,必定会因为目击者身份而成为众人的焦点,届时大家围坐在火炉边聊天时,可能一五一十地就全说出去了。当然,传出去是迟早的事,但至少她可以争取一点时间和副院长史蒂文斯小姐碰个面,好好商量一下后续措施,比如,拟定晚餐时间给学生们的公告,禁止散播谣言的警示,等等。

督察决定先审问萨莉,其他三位被打发去了院长的房间。休息室里暖和不少,灯光更显柔和,她们因此再度平静下来,黑暗花园里发生的一切被暂时抛诸脑后。恍惚间,她们感觉自己就像是从一个可怕陷阱里逃回了现实世界,正想要聊一聊这段惊险旅程。但眼下的场景似乎不太合适,毕竟以前柏丝就是经常坐在她们现在坐的椅子上,向柯德尔小姐控诉学生们的罪行，据泊瑟芬学院的学生透露，这是她们每次谈话的主要内容。除了格温妮丝抱怨了一句"估计我们连烟都不能抽"，她们几乎没有说话。

在搜查船屋时，督察刻意抑制住自己的好奇心，因为他不想听到大家七嘴八舌和自相矛盾的声音，而是希望先分别向她们了解事件的始末。征得同意后，他先从萨莉·沃森开始。萨莉坐在他对面的一把小扶手椅里，尽管她现在看上去衣衫齐整，镇定自若，但惯常外露的自信似乎还尚未回归本体。

打理过的棕发十分顺滑，量身定做的海军蓝连衣裙在这样的严肃场合里为她增添了几分活泼气质。督察盯着她的棕色眼眸，心想，的确是个漂亮得体的姑娘。

一张毫无表情的方块脸，嘴上方长着红色胡子，原来是个呆头鹅，稍加观察后，萨莉在心里得出结论。

"沃森小姐，关于这次……意外，能将你看到的和知道的都告诉我吗？"

萨莉微微皱眉，努力回想着。船屋屋顶可不是聚会的理想之地，她知道自己很难自圆其说，然而还是掉进了这个陷阱。"我们四个当时坐在船屋屋顶上。我是下午四点到那儿的，知道具体时间是因为我刚上完课……"

"其他人4点之后才到？"

"不，她们先到，我是最后加入的。"

"你们是打算去河上玩儿吗？"

"当然不是，我们约好了在那儿见面，那是我们最爱的聚会地点。即便是在又冷又暗的时候，那条河对我们来说也依然拥有着非比寻常的吸引力。"萨莉急切地解释，希望能令人信服。

"你们是去那儿见谁的吗？"督察隐隐觉得他抓住了这个谜团的一个线索。

"不是，只有我们四个。我们就是见面聊聊天罢了，聊到4:15的时候，西姆塔的钟声响了。"

"你们在等丹宁小姐？"

"没有！"

"但你知道她在河上划独木舟？"

"我不知道，达芙妮可能知道，但我们约定见面的时候绝对不知情。"

"丹宁小姐的独木舟平时是放在那间船屋里吗？"

"是的，但我们没注意到船不见了。我们没有下去，一直待在屋顶。"

"所以结论就是你们坐在船屋屋顶，与丹宁小姐的死毫无瓜葛？"

萨莉心中一凛，感觉大事不妙。绝对不可以让这位督察知道洛德联盟的事情，他一定觉得傻透了，或者更糟，将此与柏丝的意外联系起来。因此虽然犹豫了片刻，她还是回答得很坚决："没错！"督察凌厉的眼神一直盯着她，她不知道自己是不是脸红了。为什么非要刨根问底！

"你不觉得奇怪吗？一月的天气并不好，丹宁小姐居然会在一天下午的4点去河上划独木舟？"他抛出下一个问题。

"对她来说这种行为并不奇怪。她的独木舟叫'法拉隆'，她经常去划，我还在下午茶时间碰到过她，那时她刚划完独木舟回来。"转而谈论柏丝的日常习惯让萨莉松了口气。

"所以没有不寻常的地方。那请沃森小姐继续说说，下午4点你在船屋屋顶和朋友会合之后发生的事。"

萨莉一五一十地说了，从她们看到独木舟的那一刻开始讲起，尽管嘴唇不受控制地微微颤抖，声音倒是十分冷静，玛拉·丹宁的尸体偏向船体一侧，在独木舟内的横梁下伸展开来，上面盖着一件灰色大衣。

"你们在没看到独木舟之前，还坐在屋顶的时候，有听见尖叫声、落水声或者其他不同寻常的声音吗？"听完经过后韦恩督察发问。

"我完全想不起来，应该没有。"

"你要告诉我的就只有这些吗，沃森小姐？没有任何与这次意外有关联的地方了？"督察尽量表现出最和蔼可亲的样子，心想这应该可以让女性在他面前放松下来。

"我想不出任何与之有关的事了。"萨莉冷酷地说，同时从椅子上起身。

韦恩也站了起来，帮她开门，还将她送到院长房间门口，十分绅士但也丝毫没有放松警觉，顺便把格温妮丝·潘恩叫了过去。

萨莉没能来得及悄悄叮嘱一句"不许透露洛德联盟的事"，好让下一个人提高警惕。不过她成功与格温妮丝对视，投去一个让对方小心点儿的警告眼神。

但格温妮丝只当她在表达对这位督察的怨恨之情。

"该死！"萨莉一屁股坐到椅子上。"格温妮丝太过外向了，她肯定会说漏嘴！为什么下一个不是叫你们呢？"

"那个警察不好对付。"达芙妮镇定地说。

"但我们问心无愧，随便她说什么。"

此时韦恩督察暗暗在心里对格温妮丝评价了一番——容易激动，经不起惊吓。她个子小小的，鼻子跟脸型有点不搭，下巴也短小，一双凸出的眼球仿佛总是在惊叹世间的一切。

"你们怎么会目睹案发经过的？"他开门见山道。

"我们没有看到，"格温妮丝几乎是尖叫着说，"我们只看到了丹宁小姐——我是说她的尸体，在独木舟上。"

"你们没想到会发生这种事？"

"难道你能想到吗？不过你是警察，确实可能会想到。"

韦恩迅速转移话题，"那你们有想过会看到她单独在独木舟上吗？"

"我们压根就没想过会看到她。"——这人真是蠢得无可救药。

"但是你们去船屋，并非和丹宁小姐全无关系对吗？"如果再问快一点，格温妮丝很可能就露馅儿了，幸好对方缓慢的语速给了她思考的时间。

"完全无关，我们并不知道她会去划独木舟。"

他察觉到对方在掩饰些什么，但一时摸不着头绪，又问了几个问题后，便让她走了。他陪她走回院长房间，发现德莱格·采尔纳克到了，于是决定先找她谈谈。

在公共休息室里坐下后，德莱格给督察拼写她的名字，解释她是南斯拉夫人——"来自斯塔拉格拉的采尔纳克家族。"她骄傲地补充。督察一脸茫然。他对南斯拉夫没有什么概念，只依稀觉得和俄罗斯有些渊源，认为那里的人应当都高大健壮，头发乌黑，眼神火热，举止粗野，腋下随时都夹着颗炸弹。所以看到德莱格的五短身材，脸型较宽，一双大眼睛灰中透了一点绿，披着一头金色直发，他确实有些惊讶。

"你可能已经听说了丹宁小姐的意外，采尔纳克小姐？据我所知，你是唯一一个在今天下午见过她出去的人。你能告诉我她是什么时候上的独木舟吗？"出于对外国人语言水平的不信任，韦恩对德莱格有些区别对待，他一字一句地说，保证自己吐字清晰，只是他似乎忘了，德莱格是牛津大学的学生，英语交流应该毫无障碍才对。

德莱格连珠炮似的回答：“我是见过她，因为她刚好从我眼前经过，想不看到都难，但我并没有在找她，也没想要见她。当时我正在图书馆看书，她拿着船桨出了客厅，穿过露台，接着走过草地，穿过那道门，往河边的台阶走去了。”

“是去船屋？”督察提醒道。

“是的，她的独木舟放在那里。我知道的就这么多了。”德莱格突然停下。

“你记得时间吗？”

“我怎么会知道？”德莱格生气地说，“见到丹宁小姐是什么很重大的事吗？我还得马上确认时间才行？”

“看来你觉得丹宁小姐在一月的一个寒冷午后去划独木舟，是件稀松平常的事了？”

“于我个人而言，”德莱格认真回答道，“在这么冷又没太阳的天气去划独木舟确实难以想象。但在这儿，就是有人这么做，所以我学着以平常心看待。”

韦恩再次回到时间的问题上。

“你记不记得你几点去的图书馆？”

“我清楚地记得我是吃完午饭后去的。”

"那是什么时间呢？"

"两点前后。"

"你看到丹宁小姐的时候，旁边还有人吗？"

"不知道，我没看到有人。图书馆里到处都是那个，你们叫什么来着，哦对，壁凹！被挡住了也说不定。"

"还有其他可以帮你确定时间的事情吗？见到丹宁小姐的时候你已经在图书馆里待了很长时间了吗？"

"不是很长，不到一小时。我刚找到想看的书，翻到想看的那一章。"

"任何事都可以告诉我，只要有帮助。比如，丹宁小姐穿了什么衣服，手里拿东西了吗？"

"她穿了——"德莱格语带轻蔑，"她穿了一件灰色的长款外套，你们称之为风衣的东西，特别具有英式风格，在这儿也算是必需品了。它就是又长又直，没什么款式可言。"

"还有一顶帽子？"

"对，戴了帽子，是灰色的，很像男款。"

"或许是一顶毡帽？她手里拿什么东西了吗？我记得你说了船桨对吗？不止一个？"

"应该有两个。好像还有一本书，我怎么知道？"

"你能确定她拿着一本书吗？"

"不确定，也可能没拿。我怎么会知道？跟你说了我没太注意，当时又没人跟我说她马上就要死了。"

纯粹就事论事的腔调，德莱格有些不耐烦了。

"什么意思？"督察立刻询问，"谁会告诉你这个？"

"凶手呗。可惜我不知道今天日子特殊，不然一定仔细盯着我们财务主管的一举一动。"

"所以你肯定这是谋杀？"

"她不可能在河里自杀然后又回到独木舟里不是吗？"德莱格平静地反问。

"难免有意外。"韦恩说。

"啊，英国式意外，我又学到了一件奇事。"

"你确定她戴了帽子？"督察冷漠地问道。

"我看到她脑袋上有帽子，"德莱格强调，"她总是戴着那顶帽子去划独木舟。"

"而且是独自一人？"

"没错。"

"看来你知道的就这么多了？"韦恩为自己的机智开心，这位目击者可不好对付。"如果你想起了其他能帮你确认时间的线索，请告诉我好吗？"

就在他为她开门的瞬间，一位警察从走廊跑了过来。

"督察，有个小姑娘不是说过毛毯是她的吗，我们在上面发现了一些小东西。"他伸出手，露出一根黄绳子，串着4枚由银丝绞成的戒指。

督察接了过来。他打开院长办公室的门，伸出手掌给她们看戒指。"这是在船屋屋顶找到的，是你们谁的吧？"

"没错，是我的，"萨莉沉默片刻后说。她仔细盯着戒指，"只有这些吗？"

督察合上手掌。"你们还丢其他东西了吗？"他敏锐地问道，同时朝站在走廊里的人招了招手，"巴纳特，你在毯子上只看到这些吗？"

"就这么多，督察。"萨莉镇定下来，"只有4个。"

督察再次张开手掌。"没错，就这么多。"她告诉他，"你瞧，一人一个。"

"戒指和你们在船屋屋顶上的谈话内容有什么关系吗？"

"算有吧。我是为朋友们做的，大家都觉得一人戴一个挺好的。"

"那可以物归原主了。另外，有人记得独木舟上还有没有其他东西吗？除了丹宁小姐的尸体？"

大家你看我，我看你。"船桨？"格温妮丝不确定地说。

"有船桨吗？"督察问。

"我们没有拿上面的东西。"萨莉肯定地说，"我不记得有没有其他东西，但如果有，那就还在那儿。我确定我们什么都没拿。"

说话间那个警察又跑了过来，回答督察的问题。

"独木舟上有平顶毡帽，督察，但没有船桨，有一艘平底船上倒是有两个。"

"你们确定没人拿船桨出来吗？可能抓在手里去够独木舟了？"

"我们要是能拿到船桨，早就碰到独木舟了。"达芙妮指出。

"我们是从船屋里拿的船桨。"格温妮丝补充道，"应该就是平底船里的那些。"

"确定吗？你们从船屋里拿了几个？"

"我拿了两个，"妮娜说，"给了格温妮丝一个。"

"我在船屋里拿了一根撑篙。"达芙妮补充道。

"丹宁小姐的船桨上刻了她名字的首字母'M.D.'，"萨莉说，"她会精心保养，就放在船屋里。"

督察得到了提醒。"仔细检查所有撑篙和船桨，"他命令那个警察，"还要在河里全面搜索刻了'M.D.'字母的两个船桨。洛维里奇小姐，现在可以去聊聊了吗？"

韦恩注意到达芙妮舒适惬意地坐在椅子上，低头盯着自己交叠着放在大腿上的纤纤玉手，等他开始问话。他没注意到她丰腴的身材，鹅蛋脸上鼻子直挺，再配上黑色卷发，是17世纪的美人才有的样貌。

她的故事与其他人的差不多。在她提到船屋屋顶时，督察问："聊这个会违反你们的规定吗？"

达芙妮迅速看向他。"不会的，"她郑重其事地回答，大学生必须遵守这种愚蠢规则，真是幼稚的嘲讽。

"不过选择这么个地方确实有点古怪，特别是已经下午4点了，你们错过了下午茶？"

"没有错过，我们本来要去我房间吃松脆饼的，饼干还放在那儿呢。"达芙妮难过地说。

"那为何不直接在你房间边喝茶边吃饼干边聊呢？除非你们在那儿等某个人出现或某件事发生？"

"如果早知道财务主管会出现，"达芙妮声明，她被他的言外之意激怒了，"我们是绝对不会去船屋屋顶的。"

"我还是不明白你们为什么非得在那儿见面。"督察毫不留情面地说。

"我们想聊一些私人的话题。"达芙妮维护着自己的尊严。

"看来需要聊很久，你还带了条毯子。"

"坐在铁皮屋顶上可是很冷的。"

"没错。坐在房间里壁炉前的地毯上就暖和多了，而且环境也很隐秘。"

"我并不期望你能理解，"达芙妮愤愤不平地说，"但我们身处小岛上，岛屿是浪漫的存在，所以我们想要坐在河边，提醒自己这里真的是一座岛。"

韦恩想起小时候，岛屿对他而言，的确也散发着一种浪漫的魅力，不禁觉得自己是不是过于多疑了，这种看似不合常理的行为在大学生中很普遍也说不定。可是话说回来，为什么不选在更早的时候去河边，而是下午茶时间呢。"实话告诉你，"他拿出警察的威严，"我根本不满意你们的解释。我没有指责你们的意思，但你们没有全盘托出，我只能说，刻意隐瞒对我们的调查毫无帮助。就算是在你们看来没有关联的细节也可能是有用的线索。你没有别的要跟我说的了？"

"没有了，想不起别的了，"达芙妮宣称，"对于这起意外，我和你一样没有头绪，如果有，我很乐意提供线索。"

他表示谈话结束了，脸色没有丝毫缓和。他有点生气，因为在他看来完全不好笑的事情，这姑娘却总能将它们当玩笑话对待。因此即便她出去时冲他微微一笑，也没能让他心情好上那么一点。

接替达芙妮坐在椅子上的是妮娜，她发现督察异常严厉，但这次短暂的谈话中并没有任何新的收获。

第三章

追本溯源

　　泊瑟芬学院的院长柯德尔小姐总会令来牛津大学参观的美国游客眼前一亮，特别是她穿着方帽长袍的模样，因为在他们看来，那是最典型的牛津女性形象。其实人们可以在大学老师身上看到各种各样的打扮，比银行职员或者股票经纪人要个性鲜明得多，柯德尔小姐并非最典型的一位。她又高又瘦，有点驼背，一头凌乱的淡茶色头发，戴着一副夹鼻眼镜，衣服看着像是十年前的乡下女裁缝用上乘料子专门缝制的。而副院长史蒂文斯小姐年纪不大，身材圆润，不太修边幅，但性格温厚。几位学生的问话已经结束，现在轮到她俩局促不安地坐在了督察对面。

　　"请见谅，"柯德尔小姐先挑起了话头，"如果我不小心问到了你无法告知的信息——你也知道，头一回遇上这种事，我们内心不安，不自觉地就想问你掌握的所有信息。"在柯德尔小姐看来，不应当存在无从考据的事情。哪怕是意外，甚至是谋杀案——不过她一般不会往谋杀的方面想，都应该有记录在案的文件，这样人们才知道该有怎样的反应。

"请放心，柯德尔小姐，"韦恩向她保证，"我会将我收集到的信息全部如实相告，不过说实话，现在也只是我的猜测罢了。但我的人已经在调查取证，相信今晚肯定可以整理出个大概。就目前的状况来看，这次事件最有可能的解释就是——偏离轨道的恶作剧。显然这不是一起普通事故，人不可能掉下独木舟淹死，然后又回到独木舟上。大学生向来热衷于恶作剧，有可能酿成这样的悲剧。"

柯德尔小姐紧紧攥住椅子的扶手，用难以置信的惊恐的眼神盯着他："但肯定不是……不是……"

"不，柯德尔小姐，我认为你的学生和这件事无关，至少不存在主观意愿，但我的怀疑并未消除，因为她们仍有所隐瞒。"

"可是督察，这是相当严重的控诉，你真的有证据……"

"在回答我的问题时，她们其实是有点避重就轻的，何况，她们究竟在那个船屋屋顶做什么？"

"大学生的行为总是很古怪，督察。即便我每天都被迫见识各种各样的古怪行为，也还是会被层出不穷的新'惊喜'吓到。"

"我确定以前见到过她们四个坐在那间船屋上，"史蒂文斯小姐说，"只不过就是随便找了个你没想到的地方坐坐而已。"

"好了，目前我还没办法相信她们坐在那儿的行为与丹宁小姐无关，但我相信她们也没想到会看到独木舟载着她的尸体漂下来——这件事是没办法否认的。"

柯德尔小姐生气地哼了一声，但他没有注意，继续道："这次溺水意外，有可能是年轻小伙子干的。丹宁小姐的溺亡可能偏离了他们的预期计划，等发现时为时已晚，自己的恶作剧造成了可怕的后果时，他们把尸体放回独木舟上。我知道这种假设愚蠢至极，但现在的年轻人就是这么没脑子。以前就曾发生过这种情况，自己过失杀人后惊慌失措，企图掩盖自己的罪行，最终性质转变，以谋杀罪接到起诉。不过放心，真相很快就会浮出水面。柯德尔小姐，现在你能先告诉我，丹宁小姐会游泳吗？

"游泳是她的拿手好戏。"史蒂文斯小姐告诉他，"我很确定，因为去年夏天我和她一起在教堂进行浸礼仪式，她的水性特别好。所以这件事就更加匪夷所思了。"

"她的头部还遭受过重击，这也许是主要原因。当然重击可能是意外造成的，但也不能排除这并非故意所为。这样就指向了截然不同的解释，但要我说，还是不太像蓄意谋杀。"

史蒂文斯小姐似乎正在平静地思考这个可能，但柯德尔小姐觉得脑袋快炸了。大学生，恶作剧，过失杀人，谋杀！不可理喻、难以置信的连锁反应。"谋杀！"她倒抽一口气。"但没人能预料到……理由呢？杀人的理由是什么？"而她的真正想法是："泊瑟芬学院的财务主管并不是死于谋杀。"

"我们不会放过任何一种可能，"韦恩督察认真地说，"柯德尔小姐，麻烦你简单说说丹宁小姐作为财务主管的日常工作、经常联系的人等。她是不是就住在这儿？"

柯德尔小姐吸了一口气，轻咬嘴唇，似乎在努力让自己的思绪回到督察的问题上，但眼睛里却全是茫然。史蒂文斯小姐用眼神询问她的院长，待后者微微点头，才开始解释。

"没错，督察，丹宁小姐就住在学校里。你应该想看看她的房间吧。身为财务主管，她负责学院里所有财政和商务上的事情，以及保管办公室里的所有商务性文件。如果需要调查的话，院长秘书可以带你去看看，只是她今天休假，不过我觉得也没什么必要。除此之外丹宁小姐还负责管理院内的杂务人员。她在学院里的角色和教授以及教师们差不多，只是不上课罢了。"

"了解，感谢你详尽的解释，但愿我们询问的每个人都能提供如此清晰的信息。"督察叹了口气，"我接下来的问题恐怕会有些敏感。你觉得学院的账目有什么不寻常的地方吗？或者诸如此类的其他问题？"

"这点我很放心，"柯德尔小姐的腰杆儿挺得笔直，"丹宁小姐的工作是无可指摘的。"

"丹宁小姐的商业手腕相当厉害。"史蒂文斯小姐平静地补充，"她做了15年财务主管，学院的大小事务也都处理得十分妥当。"

"明白，但请理解有些问题不得不问。"韦恩解释道，"能告诉我丹宁小姐有仇家吗？老师、院内的员工，或者学院以外的人？我猜她和学生之间没有过多的交集？"

"我不是这个意思。"史蒂文斯小姐说，"丹宁小姐不会干涉她们的工作，只负责管理所有院内事务，包括宿舍、饮食、洗衣房等，一直以来都打理得井井有条。她高效管理着学院生活方面的事务，但你知道，就算做得再好，也总有人抱怨。我猜是因为我们都更关心自身的便利与舒适，不顾其他。我们无意掩饰丹宁小姐在学生中不受欢迎的事实，一旦你对她展开调查，很快就会听到这些言论。但我认为你没必要对这方面多加关注。大学生们总能找到对象来发泄不满。我敢肯定他们那些行为不过出于幼稚的报复心理罢了。"

"我对丹宁小姐的工作以及人格始终持有最高的敬意。"柯德尔小姐说。

"这种情况我能理解。"韦恩督察说,"我对大学生多多少少有些了解。那除了学院里这群年轻女学生……"

"对,还有校外的人……"史蒂文斯小姐开口了,显然有什么话想说。她犹豫地看向柯德尔小姐,后者迎上她的目光,微微点了点头,看样子像是妥协了。

史蒂文斯小姐继续道:"我觉得还是得告诉你,督察,有那么两个人可以算是她的仇家,不过我不认为他们会杀害她。只是你在调查时十有八九会听到这两人的名字,所以还是把来龙去脉先跟你说清楚。"

"很好,很好!"韦恩赞同地说。

"你应该知道隆德先生吧,伊齐基尔·隆德?"

"新洛德河另一侧有个轮渡渡船屋,是那个渡船屋的主人对吗?我知道他。"

柯德尔小姐对轮渡渡船屋和泊瑟芬学院的历史兴趣甚浓,一听到伊齐基·隆德便直起了身子,一改之前战战兢兢、刻意回避的状态。史蒂文斯小姐停顿了一下,似乎是希望院长接过话茬,柯德尔小姐继续讲述起来。

"那你应该也听过伊齐基尔·隆德的父亲,亚当·隆德吧,泊瑟芬学院所在的这片土地曾是他的。其实,这片被人们称作珀斯岛的地方和轮渡渡船屋那一侧的土地原本是一个整体,后来有了新洛德河,才将两边分隔开来。填充离渡船屋较远的旧洛德河以及切断新洛德河,是为了建设能服务于更大范围的排水系统。如果你看过牛津的老地图，你会发现数个世纪以来，有无数条河道都发生了变化，进而导致新岛屿出现，旧岛屿消失，也算是最有意思的一个研究课题了。"

"不好意思，"韦恩督察以他最友好的声音恳求道，"能不能直奔主题？你也知道我需要尽快收集证据……"

柯德尔小姐从探索地理历史的宁静中瞬间回过神来，意识到这位督察并非知识的探求者，而是调查一桩疑似谋杀案的警察。可即便是在这样荒诞的情形下，她也无法违背自己的信条——要了解现在就必须先解读过去。

"请你原谅。"她讷讷地说，略有一丝慌乱，"但丹宁小姐和隆德先生之间的联系是有根源的，从某一方面来讲，就是我刚才提到的历史。这片土地还未被分隔前叫隆德，旧时的地图上一般都是这样写的，因为自16世纪起，隆德家族便拥有了这片土地，一听名字就知道是其专属岛屿。当时隆德先生已故的父亲迫于经济上的压力，将这片土地卖给了泊瑟芬学院的创始人，也就是著名的……哦，你对这个不感兴趣。人们都说伊齐基尔·隆德一直不能原谅他的父亲将家族财产变卖，也无法容忍泊瑟芬学院占有这片土地。这是导致矛盾的主要原因。第二个原因是，有一条小路穿过了渡船屋那边的花园，导致从我们的地方到公园去的那条主路被切断了。据说在买地时，就跟老隆德先生达成共识，即允许我们使用这条小路，但没有任何书面文件作为证据。伊齐基尔·隆德特别不愿意让我们走这条路，而丹宁小姐坚持认为我们可以使用，她觉得这条小路是穿过岛屿通往远处一座人行木桥的通道的一部分，并且经过河道上游旁边的田地。你可能已经知道了，还有一条公共小路也穿过那些田地。实际上，丹宁小姐没放弃过调查，并告诉过隆德先生，她会证明我们有使用权。我完全认同她的做法，探索地理历史是最有意思的课题，但我愿意放弃对这条路的使用权，以避免不愉快的发生。不过我们没办法阻止学生们走那里，特别是渡船屋并没有人住。"

"没错。"督察提出，"隆德已经不在渡船屋里住了，别人走不走那条路对他能有什么影响呢？"

"他一般不住在那儿，但会时不时地过去看看。好像还雇了个老头子打理花园，修理花草，也算是个看门人吧，但雇工也不住在里面。"

"你不会刚好知道隆德现在是否在渡船屋里吧？"

"我不知道，督察，请不要认为我在怀疑隆德先生。他很古怪，也没什么礼貌，还特别古板，但我没想过他跟这起事故会有任何联系。"

"他这人就这样，"史蒂文斯小姐解释道，"说话尖酸刻薄，爱威胁别人，但从未有过任何暴力举动，就算我们在小路上面对面碰到也不会。而且他一大把年纪了，站都站不稳。"

"明白。"韦恩表示同意，"我觉得他自己动手的可能性不大。我对他有一些了解。问一下，有划船的人从他那边上岸吗？有过这样的先例吗？"

"应该没有。"史蒂文斯小姐说，"渡船屋花园的角落处还有一间废弃的船屋，连着台阶，可以从那儿上岸，但我没听说有谁用过。疯长的灌木丛似乎把台阶到花园的路给挡住了。"

"从这条小路上应该找不出什么线索，毕竟他不住在那儿。除非他有意卖掉它，但又担心卖不出去？"

"隆德先生性情古怪，而且厌恶女性。"柯德尔小姐严肃地说，"他将家族财产称作神圣的遗产，失去了一部分，又被女人侵占了一部分，这对他来说是一种耻辱。"

"真有点不可理喻了！"韦恩督察评价道，"这种想法挺危险的。"

"如果要卖渡船屋，"史蒂文斯小姐说，"我不知道会不会造成比使用那条小路更严重的矛盾。"

"我正想解释这个，"柯德尔小姐继续道，"我们想扩展学院规模。大家都知道可以从两处地方下手。一处是私人土地，正对着渡船屋，叫异教徒之地——又一个命名的有趣实例，它源于……不，现在不是研究课题的时候。另一处则是渡船屋一侧的土地，出于各种原因，那里是更理想的选择。隆德先生现在并不宽裕，所以我们试探性地向他提出买地的想法，结果只得到了一番谩骂。作为财务主管，丹宁小姐主持了这些谈判，她是非常出色的生意人。"

"了解，如果隆德这么反感这种交易，那他对丹宁小姐一定特别不友好了？"

"绝对的。"史蒂文斯小姐肯定道，"他恨她入骨，认为她想利用不正当手段将土地骗走，像鬼迷心窍一般，但话说回来，我确定他不是那种会将暴力付诸实践的人，而且上个学期结束后我还未曾见过他。"

"谋杀！"柯德尔小姐低声呢喃，"不可能！毕竟他来自有良好教养的传统家庭。"

"这话是没错。"韦恩督察表示同意，"那另一块地呢？拿下来应该不成问题吧？"

"异教徒之地的主人，"史蒂文斯小姐很快插入话题，"叫詹姆斯·利杰特，马斯顿来的农场主，他已经卖掉一大片地给别人建房子了，又急着将这块地出手给学院。他一听说我们找过隆德先生就立马来找我们了。他同样不好对付，但跟隆德先生完全不同。丹宁小姐拒绝了他的提议，因为她依然在争取渡船屋那块地，毕竟隆德先生已经老了，胜算应该比以前大。但利杰特知道我们不愿看到异教徒之地上盖满既廉价又丑陋的房子，便利用这一点威胁我们。"

"强迫你们购买，还提高售价？丹宁小姐也是主要谈判人吧？"

"对，不仅如此，她还启用了信托基金，防止随意建造的房子出现在那片土地上。"

"我知道了。"韦恩督察喃喃地说，"就是因为这个我才对那块地的名字这么熟悉。这事儿已经传开了对不对？"

"很多人都在谈论。"院长语气不善地承认道，"好在大众也认同它应当用来发挥更好的作用。肯定是迫于舆论压力，利杰特先生才最终放弃丑化这块地。经济利益于他而言最为重要，因此他对丹宁小姐也抱有相当大的敌意。"

"不过你看，"史蒂文斯小姐补充道，"不管是隆德先生还是利杰特先生，他们都没有攻击丹宁小姐的真正动机。第一，她只是学院委员会的代表，是委员会一致同意要购买渡船屋的土地；第二，借用利杰特的说法就是，伤害已经造成，就算丹宁小姐死了，他也没法随意建造那些倒胃口的房子。"

"没错，但如你所言，他俩毫无疑问都对她怀有敌意，这种敌意有可能引发突然性的暴力行为。"

"督察，我觉得丹宁小姐和他们两位之间的不愉快关系不值得大肆宣扬。我向你保证丹宁小姐没什么不好的地方。他们两个才是真的顽固不化。"柯德尔小姐澄清道。

"女士们，请你们放心，我会谨慎调查。但愿能找到证据证明学院里的人与这件事无关。还有一件事我必须问一下，丹宁小姐有亲戚吗？"

"当然有，我刚想跟你说这个来着。据我所知，丹宁小姐一直独来独往。她有一个外甥女，帕梅拉·埃克斯……"

"……埃克斯，字母X？"韦恩督察问。

"不是，拼作E-X-E，一听就是德文郡的人，或者只是跟河流有关？不管怎样，应该是跟地名有关系的一个姓。不能偏题了，那姑娘是剑桥格顿学院的学生，丹宁小姐对她百般照顾，因为丹宁小姐的妹妹已经去世了，留下帕梅拉孤身一人。我只见过她一两次，丹宁小姐不希望她和牛津大学有任何关系，认为她最好上另一所大学。丹宁小姐的父母也不在了，应该已经没有在世的亲属了。我会打电话到格顿学院，让那里的老师告诉帕梅拉这个消息。"

"嗯，告诉她是一起溺亡意外。"

"有必要让帕梅拉过来吗？只有她是直系亲属了。"

"不一定，我也可以开车去剑桥见她，当然她愿意来也行。"

"我们可以为她提供住宿。但要面对一群陌生人，她可能会有抵触心理，我们愿意做任何事，只要能安慰她。只是路上真的会折腾得够呛，谁都不想经历往返两所大学间的拥堵交通，但面对面至少能让交谈更顺畅些。"

"需要的话，我可以开车送她回去。"

"那就太好了，督察，我知道案件最终一定会登报，但你在这件事上有话语权，能否尽量拖延曝光的时间？我看不出大肆宣扬有任何好处。"

"你放心，我不会向媒体透露任何消息。现在我也很担心他们说得太多，如果真是某个大学生犯蠢，这会阻碍我得知真相。你们也最好暂时禁止学生们使用学院的船只，女孩子的好奇心太重，我们不希望任何人破坏可能遗留在河岸上的线索，并且警告她们不要接受媒体的采访。提醒一句，一旦媒体听到风吹草动——我不是说他们一定会知道，但万一他们知道了，必定会不遗余力地从某人身上把故事套出来。"

"的确，我向你保证，督察，我们会采取一切预防措施，学生们都不会想到河岸上还有证据可寻。"

在丹宁小姐的房间里搜寻一番后，韦恩督察便离开了，他的下属在彻韦尔河的混浊河水里和长满灌木丛的河岸上也收集到了一些证据。韦恩需要筛选出有用的信息，整理成一条清晰明了的证据链。

第四章

血海深仇

那天晚饭后，格温妮丝、达芙妮和妮娜主动跟着萨莉去她房间。经过大厅时，萨莉从她的信箱里取出一封信。

"贝蒂！"她惊呼，"我都把她给忘了。"

"怎么了，你姐不是明天才来吗？"格温妮丝说，"现在还有时间，可以去邮局寄信让她过几天再来。"

"现在来正好，我们可能用得着她。"萨莉缓慢地说道，一行人正走上楼梯。

"用？"格温妮丝抓住关键词，"有什么用？"

"先让我看看写了什么。估计是说她们什么时候会到。"萨莉迅速浏览了一遍。进了房间后，她跪在壁炉前，不停地往里面添煤加炭，其他人则围坐在地毯旁边的软垫座椅上。

"那里有松脆饼，"达芙妮提议，"等着我们去吃呢。"

"有黄油吗？"萨莉问，"没有现成的话就没得吃了。"

"我有。"达芙妮说，"就是为松脆饼准备的。本来想留着在周五晚餐时和牛油布丁一起吃的，结果全泡汤了，我好伤心。"

"倒胃口的晚餐，"格温妮丝说，"诅咒！天哪！我们再也不能诅咒柏丝了。估计今晚是她最后一次被提起。如果再丰盛一点就好了，可惜。"

"格温妮丝，你还开玩笑！"萨莉不满地说，"达芙妮不能再吃牛油布丁了，瞧她那身材。"

"我的身材好过牛津的所有学生。"达芙妮声称，"那些一马平川的身材早就过时了。松脆饼放在我房间的书桌里，妮娜，能帮忙去拿下吗？"

待众人终于围坐在壁炉前，用萨莉的烤面包叉烤着脆松饼时，格温妮丝开口问道："那洛德联盟呢？就这样没了？"

"还没有。"萨莉非常认真地说，"这件事会持续发酵，我们要尽力弄清真相。妮娜，4枚戒指就放在我包里。洛德河已经得到一个了，我们最好也戴上自己的。"妮娜将戒指取了过来，萨莉郑重其事地分发出去，最后给自己戴上一个。"现在洛德联盟要做的就是找出真相，好让泊瑟芬学院显得不那么白痴。我们的财务主管人品败坏，现在又因为她的死而将我们置于众目睽睽之下。我为她的家人感到遗憾，甚至为柏丝本人感到可惜——一定发生了很不好的事情，没有人希望这种事发生在任何人身上。但我总是在想这件事很可能与她平时的所作所为有关。也许还有些我们不知道的，不被公之于众的事情。"

"我们最好小心点。"达芙妮提醒道，"那个督察已经在怀疑我们有所隐瞒了，如果我们再做出点什么，他会往最坏的方面想的。"

"你们肯定在谈话的时候说漏嘴了，"萨莉说，"你或者格温妮丝。"

"我当然希望柏丝还活着，然后用最恶毒的话语诅咒她。"妮娜急切地表明立场，"我宁愿在接下来三年里所有洗好的衣服都不见，每天只能喝清粥，也不希望柏丝淹死。可事已至此我们也无能为力啊。那些业余侦探也只是在小说里神通广大。"

"你什么都不知道，"萨莉告诉她，"我姐姐贝蒂和彭莱顿①一案可是有千丝万缕的联系。"

大家都惊呆了。"怎么扯上关系的？"格温妮丝问道，"你是说她真的……"

"有时间我再告诉你们。但明天她来了，你们最好别去问她，因为她丈夫巴泽尔不喜欢聊这件事。毕竟惨死在地下室楼梯上的是他姑妈，这不是适合闲聊的话题。"

---

① 见《地下疑案》，梅维斯·多里尔·海著。

"萨莉，跟我们说说呗。"格温妮丝恳求道。

"现在不行。当下最要紧的是独木舟事件。"

此时有人敲门，动静不小，只见德莱格·采尔纳克匆匆走了进来。

"又一顿英式餐点？"她平静地问。饶有兴趣地环视着围坐在炉火前的人、松脆饼、盘子和黄油。

"这叫点心，"达芙妮告诉她，"上流社会用它来消磨晚餐与夜宵之间的无聊时光。"

"我知道。"德莱格平静地说，"我可不是初来乍到，明白你的意思。萨莉，可以把今天在温德尔教授课上记的课堂笔记给我吗？你说会借给我的……"

"好。"萨莉把烤面包叉递给达芙妮，去书桌里翻找笔记本，"但记得很零散，你得自己去听课才能明白。"

"也许吧，但我有别的事要做。"

"来块松脆饼吗？"格温妮丝问。

"小吃？不用了，谢谢。我觉得我的斯拉夫胃不太能吃得惯英式小吃。谢谢你，萨莉。"

"那个督察问你什么了，德莱格？"格温妮丝直截了当地问。

"督察？"德莱格拿着萨莉的笔记本刚走出门，犹豫了一会儿。"啊，那个警察！上帝！他说我是最后一个看到那个女人的人！"她返回屋内，猛地一下把门关上。她眉头紧皱，双手紧握在一起，全身仿佛有电流穿过，全然不像刚来时那样平静。

"你不应该喊'上帝'，"萨莉责备道，"很郑重的时候才会提起上帝。"

"那个女人又坏又狡猾，本来就该死。"德莱格直言不讳。

"这么说太残忍了，"妮娜谴责道，"你没有权利说任何人该死。何况她是淹死的，非常可怕。"

"但我就是要说。她羞辱过我，可能后来她太过内疚所以自杀了。"德莱格的英语水平总是因强烈的情绪波动而飘忽不定。

"但她不是自己把自己淹死的！怎么可能？"格温妮丝质疑道。

"你怎么知道不可能？"德莱格情绪激动地问。

"我们怎么知道？"萨莉重复道，"她是在自己的独木舟上被发现的。这是个谜。可能有人杀害了她。"

"我觉得她是意外落水致死的，"德莱格告诉她们，"但无论如何，她羞辱过我。她居然骂我是猪——我可是尊贵的采尔纳克家族的一员。"

"英语里说别人是猪无伤大雅。"妮娜安慰她道。

"她为什么这么说？"格温妮丝问，她总爱刨根问底。

"她去了我的房间，地板上有一些树枝……"

"树枝？"

"没错，杉树的树枝。我很孤单，昨天是我们国家的一个节目，我们会把杉树树枝放在城堡大堂的地板上。我想着也要在我房间里小小庆祝一下。但是今早女仆跟她说我的房间不整洁。丹宁小姐过来告诉我，'我不管你在南斯拉夫的家里是什么样子，但你现在这样就是住在猪……那个词叫什么来着，猪的房子……'"

"猪圈！"

"对，猪圈！她又说，'但只要你还待在泊瑟芬学院，你就必须达到英式标准的整洁程度！'"德莱格颇为平静地复述了一遍。接着她勃然大怒："她这种话，在我们国家可是会造成血海深仇的。"

"你把事情想得太严重了，德莱格。"萨莉澄清道，"当然了，柏丝的确非常粗鲁，但就英语来说，这个词没你想得那么糟糕。"

"猪就是猪，英国猪还是斯拉夫猪，本质上没有区别。"德莱格认真地说，"这就是人格侮辱。只要她活着，就休想洗清这个污点。"

"无论如何现在算是洗清了，忘掉它吧。"妮娜建议道。

"还有别到处说她该死。"萨莉补充说，"英国人不会说这种话，这有可能让你惹上麻烦。"

"你是说他们会以为是我把她淹死了？那样的话我就回老家了，那里很安全。我不在乎。"德莱格突然冲出了房间。

剩下的四人面面相觑。

"会是她干的吗？"格温妮丝惊叹地小声说。

"我觉得不是。我不确定如果她有机会的话会不会这么做，可是何必呢？"

"我们说柏丝不是自己淹死的时候，她的回答是'你们怎么知道'？"达芙妮指出。

"这不代表什么。毕竟她还不知道我们是怎么发现尸体的。晚饭时，柯德尔告诉大家丹宁小姐是因为船只事故溺亡的，她不会比其他学生知道得多。"

"那她为什么觉得这是自杀？"格温妮丝问。

"只不过是斯拉夫人的思维罢了，喜欢浮想联翩，想找出这次意外和猪圈事件之间的联系。"达芙妮解释说。

"不管怎样，德莱格是只旱鸭子。这件事不可能是她干的。"妮娜指出。

"不是她，但是——对了！她今晚给马修·康尼斯顿打过电话！"格温妮丝叫了一声。

"那又怎样？"萨莉冷淡地反问，"德莱格经常给马修打电话。不要乱叫唤，不然她们还以为我在房间里养了豚鼠。"

"被绞死的豚鼠才会这么叫。我跟你说，德莱格跟马修打电话用的是那什么南斯拉夫语。她很生气，而且就是在说柏丝。"

"所以你下午是在练习南斯拉夫语的听力咯——那应该叫塞尔维亚语。"达芙妮语带讽刺。

"这是条非常重要的线索。"格温妮丝十分肯定地说，"你们别傻了。德莱格用塞尔维亚语打电话，对方一定是马修，因为这就是他的常用语言，这样一来就没人能听懂他们在说些什么了。我当时也曾路过，注意到德莱格很兴奋，不停地在重复着什么，好像怕对方听不明白似的，后来她用英语说了两三次'柏丝'，接着告诉他更多信息，但不像是在说什么好话。"

"我猜格温妮丝经过的时候一定走得特别慢吧。"达芙妮评论道。

"我没听出有什么跟犯罪相关的内容。"妮娜说，"德莱格知道柏丝出事后就挺激动的，你们也知道德莱格这人，激动到给马修打电话并不奇怪。她可能不知道柏丝用塞尔维亚语怎么说，所以她只能用英语解释了。"

"很奇怪，"格温妮丝坚持道，"德莱格看上去很激动，但说到最后似乎又松了一口气，好像他在安慰她会没事似的。"

"你们只是在胡思乱想。"萨莉说，"什么时候打的电话？警探们总会这么问。"

"在问话之后。我在楼上待了一会儿，然后又下去看看有没有我的信。德莱格冲电话里狂吼，好像在说什么生死攸关的事情，我想不注意都不行。"

"你也知道德莱格有多容易激动。她可能在问马修，是否会因为对别人说柏丝侮辱她而被捕，马修说不会，她才放心下来。他们大概在南斯拉夫干过这种事儿。"妮娜解释说。

"可以先记下来，"萨莉建议道，"等我们发现更多线索，这个有可能就成了关键信息。但我们必须格外小心，还记得柯德尔说的'流言蜚语和耸人听闻的新闻'吗？她说得对。我们不希望被媒体抓住任何可能成为头条新闻的把柄。如果发现什么线索会把德莱格牵扯进来，我们可能还得帮她打掩护。"

"可是这样对吗？"格温妮丝问，"如果真是谋杀……"

"英国陪审团是不会理解南斯拉夫人的血仇观念的。"萨莉说，"你希望德莱格被绞死吗？我不相信德莱格和这件事有丝毫瓜葛，但不管是在校外人员还是学院里的人面前，我们都必须注意自己的言行。大家很快就会知道我们发现了她，紧接着跑来问各种问题，我们透露得越少越好。其实……"

萨莉把吃了一半的松脆饼放回盘子里，去书桌上拿起一张纸贴到门外，上面写着两个大字"勿扰"。

"从现在起，我们行事必须有组织有纪律，"她嘴里塞满了松脆饼，回到壁炉边的座位上，"调查期间我们要保持一致。幸好今天周五，周末有很多时间，我姐也会帮忙。我觉得明天你们最好都过来跟她、巴泽尔还有我一起吃午餐，下午一点在麦特酒店。"

"你姐夫才刚到，我们这么多人直接过去会不会不太好？"达芙妮问。

"他会很开心的。不管怎样，这件事至关重要，我们不能浪费时间。现在来分配任务。首先要弄清楚柏丝在昨天下午的全部行踪。她什么时候去的河边，以及是谁看见了她在河上。格温妮丝——不行，这事儿得和每个人交谈，你肯定会把所有细节都说出去。"

"胡说！"格温妮丝说，"我一定守口如瓶。"

"行吧，那就你来。我想最好有个人能侧面了解一下德莱格整个下午都在做什么。妮娜，你来可以吗？还要有人去河边搜寻线索……"

"平底船或独木舟我们都弄不出来。"妮娜提醒行动队长，"我不知道你还能从哪里找线索。"

"去岸边搜，能走多远就走多远。还有公园和对面的田地里都看看，或许就能发现什么——比如柏丝的船桨。"

"有什么用，"达芙妮说，"在那些泥巴地里踩来踩去。

警察肯定已经找到船桨了。你是想让我们测量脚印大小，顺便把所有的烟头和纸片都捡了吗？"

"别这么死脑筋嘛，只要有可能成为线索的东西都可以找出来。这个任务需要脑子好使。达芙妮，你可以吗？而我，"莎莉坚定地总结道，"则准备去调查渡船屋！"

"渡船屋？"其他人异口同声道，"为什么？"

"老隆德可能与此事有关。因为那条小路和那块地的买卖，他对柏丝也怀恨在心，程度快赶上德莱格的血海深仇了。"

"这主意太棒了！"格温妮丝附和道，"他也特别生气。但是萨莉你一定要小心。他昨天对我大发脾气。"

"昨天？所以他当时在那里，今天可能也去了。"

"我迟到了，因为轮胎被扎破了。"格温妮丝解释说，"我真不想碰到他，早知道就不会去了。他从一棵树后跳出来，说着什么小岛，听着像一首韵律诗，但声音好可怕。"

"可即使他今天在那里，又怎么杀死柏丝呢？他自己连站都站不稳。"妮娜反对道。

"也许雇了个杀手。"达芙妮说。

"这个案子的麻烦之处在于，"萨莉以苏格兰场警察的论调宣布，"那些恨不得置柏丝于死地的人，比如德莱格和老隆德，似乎都心有余而力不足。"

"你们不觉得这可能就是单纯的意外吗？"格温妮丝提议说，"难道她当时就不能是躺在独木舟里看书？我知道这听起来很蠢，但这是她会做的事，结果独木舟翻了个身，把她淹死了，不知怎么又从另一边翻转了过来？"

"你得有理有据才行。"达芙妮说，"她完全可以挣脱束缚然后游开。"

"再说了，你没听见警察说她的帽子在独木舟里吗？"妮娜指出，"一定是有人把它放在那儿的。"

萨利说该喝咖啡了，于是去把壶里添满水。大家东一句西一句地说开了，内容涉及谋杀、意外甚至是自杀，但督察所说的因为大学生的恶作剧而最终导致悲剧的可能性，却始终未被提起。因为在大学生自己看来，她们是有责任心的成年人。

第五章

深夜入侵

　　萨莉的聚会在11点左右就早早结束了，因为格温妮丝和达芙妮说在睡觉前还有点功课要做，这样周末才能留出时间去调查。妮娜留下来帮忙收拾餐具。萨莉的房间在学院大楼的最南边，能一眼看到花园最窄的部分，正对着船屋。棚子虽被树挡住了，但能看到通向台阶的铁门。

　　关于神秘事件的讨论越来越乏味，因为随着时间推移，姑娘们的灵感逐渐枯竭，说不出更多东西来了。似乎是想从案发现场寻求灵感，萨莉拉开窗帘，把头伸了出去，再将窗帘在身后拉上，这样房间里的光线就不会干扰观察。

　　"怎么什么都没了。现在明月当空。"她告诉妮娜，停顿片刻后一声急促的低语从窗帘后传来，"妮娜，快把灯关掉然后过来！"

妮娜照做了，"可别说看见鬼了。"她冷静地说道。

"嘘！瞧那扇门。我发誓刚才有人在往上爬。"

"出来还是进去？"妮娜问，也钻进了窗帘里。

"进去。我觉得是个男的。快看！那边的阴影处是不是有个人在动，丁香花旁边。"

"可能是警察。达芙妮说他们把独木舟抬上岸了，就放在大门里面。"

"那又回来做什么？而且也不必爬过去啊。肯定有人进去拿了什么东西，或者对独木舟做了什么。快看！"

"对，我也看到人了。"妮娜承认道。

"妮娜，你赶紧去换双橡胶鞋，把裙子下摆提起来或者换身衣服，手电筒你有吧？动作快点儿，别让任何人看到你，我们在花园门口那儿碰头。"

"可是——"妮娜小声想拒绝。

"快！"萨莉催促道，"如果你不来，我就一个人去。"

几分钟后，妮娜踮着脚走到约好的地方，发现萨莉正小心翼翼地想要把走廊里的一扇窗户向上推开，就在通往公园的大门旁边，"我怀疑他们从没把窗户闩上过，虽然很高，但我们还是能过去。"

"如果有人真把窗户锁了怎么办？"

"不会的。搞定！"萨莉爬上了窗台，随着一声沉闷的巨响，很快便消失在了夜色中。妮娜也跟了上去。

她们蹑手蹑脚地朝丁香花丛走去，船屋和旁边存放船桨及撑篙的棚子被掩藏在其后。

突然间妮娜抓住萨莉的手臂，受惊的萨莉不禁叫了出来。她俩站在原地不敢动弹。

"该死！"萨莉低声咒骂。

"有光！"妮娜低语，"你看到没？有人在那儿，拿着手电筒。"

她们默不作声地站着，因害怕神秘的入侵者而浑身颤抖，不知该如何是好。

她们先是隐约听到一点声音，随后是踩在砾石路上的轻微嘎吱声。原本伸手不见五指的夜色似乎在逐渐变亮。

"月亮出来了，"妮娜嘟囔着，"我们会被发现的。"

担心不无道理，毕竟她们站在草坪中央。萨莉握住妮娜的手，拉着她小心地往左边移动，想躲进丁香花丛中。但是这样便要经过一条砾石小路，尽管她们已经万分小心，但每走一步还是会发出嘎吱嘎吱的声响。大门在月光的照射下清晰可见，门后的水面上漂着一只独木舟。但另一处发出声音的地方却仍旧隐藏着。这时其中一人踩到了一根枯枝，发出炸裂似的声响。她们双手紧握，不敢再动了。

忽然，灌木丛的拐角处传来窸窸窣窣的噪声，随即一个人影出现了，只见有个脑袋朝她们望了过来，一名男子冲向大门，慌乱地翻了过去，一路滑进独木舟里，动静很大。接着便是扯锁链和划桨的声音。

她们赶紧跑上前去，视线越过大门，只看见船尾上一个弓着背的人影正奋力划桨，独木舟消失在了河流的转弯处，往右边去了。

"绝对是个男人，而且不是警察。"萨莉说。

"他划走了柏丝的独木舟吗？"妮娜问。

"应该不是。他来这儿绝对有某种目的。我们的出现打乱了他的计划，他害怕了。我们应该早点出来的，说不定就能看清他是谁了。"

"我吓得不敢动弹。"妮娜坦白道。

"我不确定该怎么做，"这是萨莉表达同样意思的方式，"如果他真是凶手，那么……"

"你是说，不止一起事故？可能有两起甚至三起？不管怎样，他的确被吓到了。"

"去看看柏丝的独木舟是不是真的还在。"萨莉提议，她不安地瞥了一眼学院，"似乎大家都毫无察觉。在我听来很可怕的声响其实真没多大动静。你带手电筒了吗？"

月亮又躲入了云层。妮娜打开手电筒扫过灌木丛后面，刚才入侵者出现过的地方。

"还在那儿！"

她们轻手轻脚地向那只孤零零的倒置着的独木舟走

去，小心翼翼地向前移动，好像在怀疑那个神秘人扔下了一颗炸弹似的。

"就是'法拉隆'，看着也完好无损。"萨莉平静地说。

"好像也只剩这个了，警察应该把帽子和其他能发现的东西全部带走了。我敢肯定那个人没拿走任何东西。"

"不知道他来这里鼓捣什么。"妮娜厌恶地说，经过这一系列变故，她觉得也该发现点什么了，"或许我们的出现阻止了他。"

"在他注意到我们之前的时间已经够多了。这儿！再照下这边！快看！"

萨莉弯腰捡起了什么，放在手里借用光线端详，是一把单刃折叠刀。

"所以他的确做过什么——但会是什么呢？"

用手电筒把独木舟和被砾石覆盖的土地全都搜寻了一遍，没发现任何异常，萨莉和妮娜沿原路返回。萨莉蹲在窗户下面，让妮娜踩在她背上把窗户打开，幸好没人把它锁上。妮娜先爬了过去，萨莉费了很大劲儿，最后被妮娜拉了一把，终于也安全落地。萨莉的膝盖擦伤了，她们回到萨莉的房间，坐下来检查起自己的战利品。

"能回来真好。"妮娜烤着火，满怀感激地说。

"实话跟你说，我真的特别怕那个窗户会被闩上。"萨莉承认道，"在我们还没进去之前，你那么说的时候，我确实想过把你留下，自己过去。"

"果然如此！你就没想过自己留下，让我过去吗？"

"你不是很想去。"

"因为刚开始我不太确定，不知道有没有必要。"妮娜严肃地回答，"还是研究研究这把刀吧。"

萨莉递给她，然后突然叫了一声："啊！"似乎在害怕什么。

"怎么了？没有血啊。"妮娜放下刀，问道。

"更糟糕。"萨莉沮丧地说，"我们把现场搞得一团糟。指纹！上面应该有指纹的，却被我破坏了！"

"指纹对我们没有任何好处。你是想把刀交给警察吗？"

"有可能，看情况吧。但现在我也不知道了，他们可能会很生气，因为我们把指纹擦掉了。"

"他应该戴了手套，"妮娜出主意道，"杀人犯一般都会戴的。"

"但他并非有意把刀丢在现场，也不会有人去独木舟的船底找指纹，所以他可能不太在意。总之别再直接用手碰它了。"

萨莉掏出一块干净手帕，小心地拿起折叠刀，避免手指碰到。她们目不转睛地盯着它。这把刀很大，刀柄表面呈褐色条纹状，好像是以石头为原料制作而成的。

"这可不太常见。"萨莉满怀希望地说,"但我也不知道怎么才能找到它的主人。除非我们先猜测是谁,然后再想办法找出那个人是否丢过刀,或者会不会有人认出这把刀。"

"他逃往上游,沿岸都有公园。当然也可能只是迷惑我们……"

"我不觉得。他很慌乱,根本没有时间想这么多。他可能会从公园上岸。"

"公园大门应该都关了,当然他可以翻过去,但这样就只能把独木舟留在河上,我想很容易就能找到。除了公园还有哪里?河对岸的田地,但在那里没办法藏独木舟,还有L.M.H,不过男人是进不去女子学院的。还有——"

"圣西缅学院!"萨莉叫出声,"马修!德莱格的电话!"

"天哪!"她们又惊又喜地看着对方。

"你真的觉得……"妮娜率先开口。

"先整理下思路。"萨莉提出,"德莱格在搞什么神秘勾当。那只独木舟上、里面或者旁边有什么东西会暴露她,于是她打电话给马修,让他去取走或者用别的方法销毁。他可能以为'法拉隆'就停在台阶旁,我们早前停放的地方,但他必须爬过大门……"

"没错,可是德莱格会让他做什么呢?如果她真落下了什么东西，警察也肯定搜走了。就算德莱格没想到，马修也应该想得到。而且德莱格怎么会有机会接近独木舟？我们回来吃晚饭的时候警察还没走。另外，她也不会傻到在我们已经发现独木舟了还去做什么手脚吧。再说也没什么可做的呀？还有，什么情况下马修必须要带刀呢？真是伤脑筋！"

"的确疑点重重。"萨莉同意道，"我们最好再想想。不过达芙妮和维拉威关系不错，他也是马修的朋友。如果真是马修的刀，她可以通过维拉威了解到。我明早再跟她说，但最好别告诉格温妮丝。"

第六章

麦特酒店的午餐

　　第二天中午刚过12点，萨莉在美索不达米亚桥靠近公园的一侧徘徊，这座桥跨过彻韦尔河，通向费里路，可直接进入泊瑟芬学院的私人车道。她没等多久，一辆装有绿色挡泥板的奶黄色敞篷小轿车驶了过来，因为路窄的缘故，车开得很慢。她拼命向车招手。

　　"最近还好吗？"等车在身边停下，她问道，"你能倒车吗，亲爱的巴泽尔？我有很多话想跟你们说，但我们得先抓紧赶去麦特酒店了。那边有一条岔路，你可以在那儿掉头，大概退100米的样子。"

　　"这还用问吗？"巴泽尔讽刺地反问，很快便倒车过去。

　　等他们退至岔路口，萨莉也跟了上去，利落地跨进了车后座，开门都免了。

"现在直走，到了这条路的尽头再左转，记得别开太快，牛津大学的思想十分前卫，已经开始限速了。"

"为什么这么着急？"巴泽尔问，"出什么事了，孩子？你被开除了吗？"

"别这么叫我。我一切都好，是学院发生了一件大事。除了我，中午还会有另外三个可爱的女孩子陪你们一起吃饭。我已经定好位子了。"

"谢谢她们，"巴泽尔说，"你也很贴心。"

"萨莉，你真的没给自己惹什么麻烦吗？"姐姐贝蒂不安地问道。

"真的没有，贝蒂。我马上就会一五一十地告诉你们。就是这儿，巴泽尔，先左拐。这条路就是宽街，三一学院就在我们右侧。恐怕我没时间带你们逛了。"

"你只管专心搞好学习，这才是勤奋的好学生！"巴泽尔笑道。

"讨厌！走这条路去麦特酒店会特别堵。走到头就是特尔街，再右转上逆向可变车道，直走就到了。如果你平时能对我好点儿，我就给你指更好的路线了。"

他们安全抵达酒店门口，贝蒂和萨莉跟着行李员上楼，巴泽尔则去停车。

"这地方看上去不便宜啊，"此时只剩她俩在卧室里，贝蒂评价道，"你就不能给我们找间经济点的旅馆吗？"

"可以是可以，但这关系到我的名声。麦特才是适合落脚的地方。吉莉安·华林的亲戚朋友倒是住班伯里路上的破旧公寓里，但吉莉安是个名人，她父亲是一介名流，所以她能掩饰过去。对了，"她刻意轻描淡写地补充，以此掩饰自己的紧张，唯恐计划会遭到反对，"我想你们会喜欢私人一点的会客室，毕竟谜案已经发生，有必要找个僻静的地方好好谈谈。"

"我是认真的，萨莉，巴泽尔可不是百万富翁，你也不该死要面子。"

"等我告诉你细节，你就会明白这很有必要了。如果巴泽尔抱怨房费，我会向所有人拼命宣传他的书，让大家都去买，让他觉得物有所值。"

这时巴泽尔来了。萨莉不耐烦地走来走去，催促他们快点儿，等他们收拾完，立马领着他们来到会客室。这里很舒服，配备有厚实的扶手椅，壁炉里的炉火烧得正旺。

巴泽尔吹了一声口哨，"我最好马上打电话给银行办理透支手续。"

"巴泽尔，够啦，别生气。有件事我必须马上告诉你们！"萨莉乞求道，"我们学院的财务主管淹死了。"

"你们的财务主管？淹死……是意外吗？什么时候的事？"

"对，财务主管，丹宁小姐，大家平时都叫她柏丝。

发生在昨天下午，事发原因仍是个谜。"

"丹宁……财务主管。巴泽尔，不就是我们去年夏天在威尔士遇见的女人吗？"

"我们见过？哦对！带着漂亮女儿的那个。"

"女儿？"萨莉怀疑自己听错了，"她不可能……"

"那是她的外甥女，"贝蒂解释说，"叫帕梅拉，很漂亮的姑娘。刚开始丹宁小姐还挺和蔼的，后来不知道怎么了，可能讨厌巴泽尔吧，就开始回避我们，把帕梅拉护得紧紧的，我们也就没怎么见到她们了。那时候我们正在芭拉旅行。"

"是的，我依稀记得你有说过，但那时候我还不认识柏丝，所以没太放在心上。我也不认识帕梅拉。昨天下午我们发现柏丝在独木舟上淹死了。"

"谁发现她的？"巴泽尔问，"你是想说她在河里淹死的吧？"

"我和等下要来吃饭的那三个人一起发现的。"萨莉开始讲述，"所以才是个谜呀，我们四个人是盟友，想要解开谜底，希望你们可以帮我们。"

"老天！"巴泽尔抱怨道，"我还以为是来度假的呢。"

"情况就是这样。别整天把自己说得跟侦探似的。我本来也没期望你能起多大作用，但你的车可以派上用场。不过我觉得贝蒂应该会有些见解。"

"你们是盟友是什么意思？"巴泽尔问，"国籍一样？还是足球队那种？"

"土包子！是个地下联盟。我们四个创建了一个联盟用来……用来诅咒柏丝，就在仪式快要完成的时候，她就顺着河流漂下来了。所以联盟现在的任务就是找出真相。当然了，学院里的其他人都不知道联盟的存在。"

"可是，不是有警察吗？难道牛津大学里没有警察？"巴泽尔问道。

"当然有，我们有一支了不起的警察队伍，总能在交通问题上阐述新的见解。但普通人往往能发现警察察觉不到的细节，这一点你俩应该都深有体会。而且有些事情不能让警察知道。现在都一点了，我去看看其他人到了没有。吃完午饭我们再告诉你们剩下的部分。"

萨莉匆忙走下麦特酒店里锃亮的橡木楼梯，看到妮娜、格温妮丝和达芙妮就在休息室里，便努力表现出体面优雅的姿态。

"我已经告诉他们发现独木舟的经过，还有什么话等吃完饭再说，这件事现在应该已经传遍整个牛津大学了，不能让别人听到。"

"全牛津！我早该想到了！"妮娜说，"你们看了刚出来的本地小报了吗？"她拿出一份《牛津邮报》。

《女子学院财务主管的离奇死亡：一出溺亡悲剧——

女大学生的惊人发现》，于是《牛津邮报》成功引起了人们对丹宁小姐死亡案件的关注。

"哗众取宠！其实他们对具体情况一无所知。"达芙妮点明，"他们只说了几名学生——还特意强调是女大学生在河里发现了尸体，事故原因尚未得知，而'使得这起悲剧更加神秘的原因在于这位死者深谙水性'。"

"把这鬼玩意儿扔了！"萨莉说，"贝蒂和巴泽尔来了。"

随后是一番相互介绍，鸡尾酒也被端了上来。话题有点难找，因为每个人都在尽量避免提起那件事。

"你们是开车来的吗？"格温妮丝彬彬有礼地问巴泽尔。

"是的。"

"从伦敦到这里花了多长时间？"她问。

"1个小时40分钟。"巴泽尔自豪地告诉她。

"你开得真快！"格温妮丝崇拜地说。

"我？我算不上快。"巴泽尔否认道，"跟我姐可比不了，她嫁给了塔尔伯特。"

"伍斯特郡的塔尔伯特家族？"格温妮丝问，她知道很多厉害角色。

"恐怕不是。这一位来自城郊，开的车子配的是六缸发动机。当时车上还有一个年轻小伙儿，但塔尔伯特赢得了我姐姐的芳心。"

他们走去定好的位子准备吃饭，格温妮丝在最前头领路。

"巴泽尔，"萨莉认真地低声问道，"你真有个姐姐？"

"姐姐？"他十分惊讶地反问，"当然没有！这只不过是聊天的艺术。我猜牛津大学没教过这个吧？"

贝蒂·彭莱顿平时都滔滔不绝，但今天第一道菜都吃完了，她还保持着沉默，因为她脑子里出现的每一个话题都会有意识地牵扯到丹宁小姐的死。

那条河——不行！你都读到什么了——最新一起神秘谋杀案！我们吃完午饭去干什么——讲讲丹宁小姐案件的相关细节。话题都很沉重。而且，她对萨莉的那帮朋友有些畏惧，因为大学生活对她来说很陌生，生怕说出傻话让妹妹失望。

萨莉也察觉到要完全避免这个话题让大家有点尴尬，于是决定稍稍放宽禁令。

"你们知道吗？"她停顿了一下才接着说道，"我姐姐去年夏天在威尔士度假的时候遇见柏丝和她外甥女了。"

"真的吗？她外甥女长什么样？"格温妮丝问，"我们从没见过她，但我听说过一点她的事情。"

"是个好姑娘，"贝蒂说，"长得也可爱。我猜想她是孤儿，和丹宁小姐一起生活。"

"真可怜！"格温妮丝深表同情，"她现在在剑桥的格顿学院读书对吧？"

"对，她说过要去。怎么不来牛津呢？"

"啊！"格温妮丝故意喊道，"她姨妈不希望她跟这地方有任何关系。就算她自己不得不留下来管理暑期班的学生，也不会让女孩过来。"

"常言道不要把工作和生活混为一谈。"巴泽尔建议道。

"如果你是个名声不好的财务主管，你可能不会希望自己的外甥女知道。"妮娜表示赞同。

"可柏丝觉得自己好着呢。"达芙妮指出。

"难怪在芭拉她不让帕梅拉跟我们接近，我好像知道原因了。"贝蒂说。

"我还以为她看穿我的内心想法了。"巴泽尔插了一嘴。

"你还记得吗？"贝蒂继续道，"是帕梅拉告诉我们她的姨妈在泊瑟芬学院做财务主管，然后有天晚上吃完晚饭，我们聊天的时候，我说我妹妹下学期要去泊瑟芬读书了？我很肯定她就是从那时候开始对我们冷淡的。我刚说完就感到一阵阴森森的冷风朝我们吹来。"

"你什么也没说。"巴泽尔反对道。

"这也太荒谬了。不过的确，第二天早上，我们还没下楼吃早餐，帕梅拉就和她姨妈出去野餐了，一整天都没回来。"

"你们说，"格温妮丝说，"帕梅拉会不会真是柏丝的私生女？"

"胡扯！"萨莉反驳。

"我猜，"达芙妮说，"这里的人都知道帕梅拉的存在，所以根本没必要阻止她来牛津。"

"帕梅拉很像丹宁小姐，"巴泽尔说，"但如果真是外甥女，像也不奇怪。你们的财务主管是个英气的女人，而帕梅拉则像是软化过的她，也更苗条，是标准的窈窕淑女。"

"软化？"妮娜问，"你是说那个女孩很温柔吗？这倒是可以作为送她去剑桥的理由。"

"你误会我的意思了，"巴泽尔严肃地告诉她，"她说不上特别聪明，但像个善良的乡下姑娘，相反丹宁小姐总是用冷冰冰的眼神盯着我。"

邻桌的一群人正在大声谈论《牛津邮报》上的新闻，令他们陷入了短暂的沉默，一个矫揉造作的尖嗓子叫了起来："真丢人！幸好琳达去了萨默维尔学院，而不是那个什么泊瑟芬。那里现在肯定挤满了为垃圾小报拍照的记者。"

"我就说吧！"萨莉郁闷地嘟囔，头扭向那讨厌的声音传来的方向，"我们成了笑柄！柏丝的最终成就。"

贝蒂看上去有点吃惊。"萨莉,"她说,以此转移妹妹的注意力,"我真心为帕梅拉感到难过。你觉得她会过来吗?我记得她说过没有其他亲戚了,如果她从没来过牛津,肯定一个人都不认识。你说我们要不要开车去剑桥把她接过来?如果她必须得来的话。我们都挺喜欢她的,她孤苦伶仃的,有我们在总比没人理她强。"

"好主意,"萨莉同意了,"我想你最好去找柯德尔说下这事儿。现在……"她匆忙吞下最后一口点心,"如果大家都吃完了,我们换个地方聊吧?"

大家都在会客室里的舒服扶手椅里坐好后,萨莉打开了话匣子。

"昨晚我们决定给每个人都分配调查任务,现在该汇报情况了。格温妮丝先来,昨天下午柏丝的所有行踪。"

"一下午也没多久,能去哪儿,"格温妮丝说,"除了德莱格,没几个人注意到柏丝。西奥当时和德莱格一起待在图书馆,也看到了柏丝,她很肯定那时候还不到两点,因为她刚匆忙吃完午饭,急着去图书馆里查东西。布朗温·埃文斯刚吃完午餐出来,就看到柏丝拿着船桨穿过大厅,时间大概是2:15。"

"那就是1:00 ~ 2:00之间了。"萨莉在一本商务笔记本上写下一条,"有人看到她在河上吗?"

"这样的天气,除了柏丝还会有人去河上吗?没发现有人去过。但我从赫敏·布莱尔那里听到不少关于柏丝的事。"

"你怎么跟大三学生搭上线的？"

"碰巧而已，我刚上完课出来就碰上了赫敏，那门课我只能自己去上，因为别人记的笔记都不行。她问我是怎么发现柏丝的。你们也知道，她俩算是好朋友，所以她很难过，应该是柯德尔告诉她尸体是我们发现的。赫敏说柏丝很喜欢帕梅拉，跟她聊过很多有关帕梅拉的事情，但即便是赫敏也只见过帕梅拉一次。柏丝的确不希望她和牛津大学有任何瓜葛，但天知道为什么。柏丝似乎并不想隐瞒这个女孩儿的存在，只是想让她远离这里。赫敏其实没有那么坏，柏丝的死令她崩溃，我们走在高街上，她在我身边泪流满面，所有人都在看。"

"那赫敏应该不知道柏丝会去河边？"

"不，她知道她要去，因为柏丝约了赫敏一起喝下午茶，她说划完独木舟就回来，大概4点的样子。"

"所以她真的——太可怕了！"达芙妮说。

"可是你们不觉得有点奇怪吗？"巴泽尔问，"主动提起她要去划独木舟，在一月份的时候？我的意思是，如果你真的无事可做到想吃虫子了，那也只会是一时兴起吧？可她不仅计划好了，还提前跟别人说她要去，不是很奇怪吗？"

"柏丝本来就是个怪人。"妮娜说。

"巴泽尔的怀疑有些道理,"萨莉指出,好像似乎真的不同寻常,"我们知道她经常临时起意去划独木舟,但昨天下午她似乎有什么特别的理由。"

"我能想到的只有去见什么人了。"贝蒂提议道。

"有可能。警察应该能查出昨天下午是否有人在彻韦尔河上游划独木舟或者有其他可疑的行径,可我们怎么才能知道呢?"

"有没有可能,她并不是去河上见人?"贝蒂问,"那边有什么路吗?"

"绝佳的密会地点,"巴泽尔指出,"一个走水路,一个走陆路。只留下一个人的脚印让警察去追踪,最终一无所获。"

"那边有公园,再往上走就是玛格丽特夫人学院和圣西缅学院,河对岸则是大片田地,那里有一条小路。"萨莉解释道。

"每年的这个时候都还很荒芜吧?"贝蒂说。

"是的。我们怎么才能知道有谁去过呢?"萨莉沉思了一会儿,"妮娜,德莱格那边怎么样?"

"她昨天下午出去了,"妮娜强调说,"没说去了哪儿。"

一声长长的喘气声。

"放心,我很小心的,"妮娜解释道,"她告诉我她坐在图书馆里看《金枝》。"

"讲的尽是些<u>巫术</u>！"巴泽尔评价道，"德莱格是谁？"

"一个性情古怪的南斯拉夫人，"格温妮丝解释道，"不过可能南斯拉夫人都是这样的吧。柏丝昨天侮辱了她，她说那足以结下血海深仇了。"

巴泽尔吹了声口哨，"看来泊瑟芬学院里有不少暴力分子啊。你觉得她会把血海深仇付诸实践吗？"

"不一定。"萨莉说，"但她说柏丝该死，所以我们想最好还是问问。"

"柏丝在去河边的途中进入过她的视线范围，这让德莱格觉得她被再次羞辱了，"妮娜继续道，"她几乎不提这件事，但她的确告诉过我，她只看了半小时左右的书，就因为有事出去了。不会是什么大事，但我不明白她为什么要闪烁其词。"

"一位女士去河边划独木舟，而且显然和什么人约好了。和第一位女士有血海深仇的另一位女士也因为'有事'很快离开。似乎刚好对得上。"巴泽尔说。

"不可能。"萨莉叫道，"柏丝不可能和德莱格约在河上或者河边见面。"

"我无意猜测是学生杀害了你们的财务主管，我只不过在筛选各种可能性。"巴泽尔解释说，"假设丹宁小姐因为其他原因前往河边，而这个叫德莱格的女孩看到她去了，就乘另一只独木舟跟随其后？"

"不可能！"萨莉澄清道，"让德莱格去取独木舟比登天还难。说下一个线索吧，达芙妮，河边有什么发现吗？"

"没什么东西。"达芙妮告诉她们，"你们总不会指望我去河里找吧？我在花园里逛了一圈，也问了威廉，他告诉我警察在新洛德河里找到了柏丝的两支船桨，我猜是在我们这座岛的尽头，一支漂在河面上，另一支被扔在了灌木丛里。威廉说她刚划走的时候，天恰好要下雨了。他之所以记得是因为他有风湿病，一到阴雨天气就会隐隐作痛。他还说'丹宁小姐对划舟的喜好近乎偏执，无论晴雨'，尽管如此，他还是觉得她踏上独木舟的样子有点奇怪，平静得仿佛当时是个艳阳天。"

"更像是有约了。"萨莉说，"岸边的公园和那些田地也看过了吗？"

"没有。"达芙妮肯定地说，"如果有什么东西，警察一定已经发现了，我不希望别人看到我在那里游荡，像在找柳树的奥菲利亚①似的。"

"我敢说警察也没找到什么。"萨莉有点不高兴地说，"今早我跟你说的事有什么进展吗？"

"还没找到机会，但今天下午我应该会去见欧文。"

---

① 莎士比亚作品《哈姆雷特》中的人物奥菲利亚爬上柳树，因柳树折断溺水而死。

"昨晚 11:00 ~ 12:00，"萨莉郑重地宣布，"我和妮娜完成了第一个调查任务。"她向吃惊的听众们讲述了她们与神秘入侵者的交锋。"我们没法证明，"她坦白道，"他们今早把独木舟拿走了。我上午去查看了一下渡船屋，先是走过老隆德的花园里的那条小路，发现隆德家的园丁比特尔居然在给小路锄草，真是稀奇事，估计从泊瑟芬学院建成起就没人管过它吧，而且一条砾石路有什么好锄的。反正他就站在那儿，要么锄下地要么挠挠自己的脑袋，我敢肯定他只是在留意谁经过了。他在我走过时哼了一声。我停下来跟他打招呼'早上好！这天气锄草正好呀'！结果他又哼了一声。'是在为隆德先生修整小路吗？'我问。老比特尔跳了起来，哼的声音比之前都要大。'隆德先生很快就会过来对吗？'我问。'不关你的事。'他哼道。'我昨天好像在这儿看见他了。'我说。'主人是来是走都不会告诉我。'他似乎有点威胁的意思，于是我就走了。"

"你没看到老隆德？"格温妮丝问。

"等等……"

"先不管老隆德是谁，我不明白你为什么非要走他的花园。"巴泽尔说。

"你不懂个中渊源。"萨莉和蔼地说，"我们有那条路的通行权，柏丝拼命争取来的，但老隆德不承认。今晚我给你画个地图，有助于理解。通行权算是一种传统，女子学院的传统太少了，我们誓死捍卫已有的权利。"

"老隆德是另一个嫌疑人吗？"贝蒂问。

"有可能。后来我走那条小路返回，在第一道栅栏旁边和比特尔擦肩而过。走到巷子口后，我仔细环顾了一下四周，比特尔藏在果树下，周围没有其他人的踪影，于是我沿着隆德花园里那间棚子后面的篱笆小心翼翼地向花园尽头走去，在靠近新洛德河的河岸处停下来，那里只有一丛灌木和一堵墙隔在我与河流之间。我到了船屋后仔细看了看四周，但没找到任何线索，到处破败不堪，野草丛生。"

"你想找什么？脚印吗？"达芙妮问。

"那里脚印很多，想必是警察的。依我看，隆德的船屋所在的地方，即这座岛屿的尽头，就是案发地点。我不相信独木舟会漂得很远，因为卡在灌木丛里的概率很大，特别是在我们这座岛的尽头，河流分道之处。达芙妮也说船桨就是在那里找到的。"

"而且，"妮娜说，"你认为即便是冬天，公园里也会有人在，并注意到顺着彻韦尔河漂下来的独木舟，上面还躺着一具尸体。"

"没错。"萨莉承认，"我认为船屋和渡船屋的花园里可能隐藏着一些线索，所以查看了船屋和岸边的灌木丛，我发现了一条滑行的痕迹，从泥泞的河岸直达水里！"

"有个警察把鞋打湿了。"这是巴泽尔的猜测。

"我敢肯定不是。"

"滑痕上有偶蹄的痕迹吗？"

"巴泽尔，我希望你能严肃点儿。而且那只是我发现的开始。"

"那就赶紧说，但别遗漏任何重要的细节。如果你在灌木丛里发现了衣服的布料碎片，也一定不要放过。"

"我没找到其他线索，于是开始往回走，这时我看见房子旁边的灌木丛里好像有人在动。我想可能是老隆德，所以我小心翼翼地走到河岸边那堵墙附近的灌木丛后面。"

"等等！"巴泽尔打断道。"你刚才说河岸边有一堵墙，但再远一些，在你发现滑痕的地方，那里还有墙吗？"

萨莉沉思着。"那里杂草丛生，墙好像只到船屋的位置，再往前就只有篱笆和几棵垂柳了。总之，我小心地走在灌木丛和墙壁之间，当时我是低着头的，前面突然有个东西挡住了我，我被吓得差点叫了出来。那是块毯子。"

"什么样的毯子？"

"怎么会到那儿去的？"

"你做了什么？"

"我没动它，那是一块带着褐色格子图案的小毯子，在车上或者河边用来御寒的那种。它被挂在了灌木丛上，我觉得是有人扔掉的。"

"你们不觉得，"达芙妮一字一顿地说，"那东西可能早就在那儿了吗？有人闹着玩，从河边往墙里扔？"

"我不觉得。"萨莉生气地反驳道，"按照河流和墙的高度差，要扔东西过去需要相当大的力气，而且从新旧程度来看，时间也不会很久。在那么潮湿的环境下，如果过了很久肯定已经浸湿了，还会沾满枯叶之类的东西。"

"你们财务主管会带着毯子去河上吗？"贝蒂问。

女孩们一脸不确定。"应该不会，"妮娜终于开口，"她身体很好，而且总是穿着那件巴宝莉大衣，根本不需要毯子。"

"我的观点是，孩子，"巴泽尔以父亲的口吻说，"这个时候你们最好把折叠刀和毯子都交给警方，就破坏指纹和脚印向他们道歉，不要提你们做的事情，让他们继续调查。"

"我才不是你的'孩子'。"萨莉气愤地对他说，"至于警察，如果他们认真搜，也会找到的。我不确定把刀交给他们是否安全，这可能会牵连到我们不想牵连的人。"

"我明白，"贝蒂安慰道，"你不希望你的同学卷进这起案件里，可如果的确与她有关，警察是不会善罢甘休的，这件事太复杂了，你最好也不要牵扯太深。"

"听我说，贝蒂，"萨莉急了，"德莱格那种性子，我们能理解，但警察却不见得。我们必须保护她，以免她自己犯傻害了自己。"

"你盯紧她，阻止她说那些让人怀疑的话都没问题。而且你也的确在和她的交谈中了解到警察询问不到的信息。但我还是得说，你们必须把所有线索都告知警察，不管是物证还是消息。看在上帝的份上，千万不要隐瞒重要信息，那可能给你惹上大麻烦。"

"我会考虑的。"萨莉同意了，但情绪低迷。

"我看不出这块毯子和这桩案子能有什么联系。"达芙妮说，"隆德不可能用毯子把柏丝勒死。"

"再把水浇到她身上，制造溺亡的假象。"格温妮丝补充道。

"而且时间也不对。"萨莉指出，"尸体在4点以后才漂下来，如果柏丝是1:45出去的，那她就有时间划出很长的距离，除非她一直在跟别人说话。"

"没人能和老隆德聊那么久。他通常就是把人大骂一通，然后逃跑。"妮娜指出。

"老隆德会不会在比特尔的帮助下，把柏丝骗进屋子实施犯罪，然后再把她放回独木舟推进河里？"格温妮丝大胆假设。

"先不说隆德年事已高，走路蹒跚，比特尔也是个驼背的老头子，我不相信他会容许柏丝进他的屋子，更别说引诱她进去了。"妮娜胸有成竹地说，"玛丽·温特沃斯曾经跟我说过很多隆德的事——她姑姑住在牛津北部，知道这地方所有的八卦。隆德之所以对小路的纠纷这么愤怒，仅仅因为我们是女人。他厌恶女人，从来不让女人踏进他的房子。这个地方自伊丽莎白时代起就存在了，历史悠久，以前有个研究考古学的老学究征得隆德的同意前来参观，谁知他把妻子也带来了，隆德在门口一看到那个女人便大发雷霆，将他们赶了出去，还破口大骂。从那以后，他再也没让别人进去过，所以他绝对不可能让柏丝进去，哪怕是为了谋杀。"

"我一点都不想泼冷水。"巴泽尔说，"我认为你们都很聪明，但你们把聪明才智用错了地方。你们可能擅长理论，但涉及事实，警察一定调查得更清楚。比如，你们连杀死财务主管的凶器是什么都不知道。警察已经分析了所有能找到的线索，现在很可能已经知道她究竟是淹死的、中毒身亡还是窒息而死。你们把发现的东西交给他们不是更好吗？他们可以更好地利用起来。你们可以尽情发挥自己的智慧，但调查的部分还是交给警察好吗？"

"我真不知道我们还能调查什么，"达芙妮赞同道，很高兴自己再也不用去泥泞的岸边搜查了，"当然，我还是会问欧文知不知道那把刀的来历，说不定我们也能找出更多关于毯子的线索。但我同意彭莱顿先生的说法，户外调查最好还是交给警察去做吧。"

　　"我也这么觉得。"格温妮丝表示赞同，"就算我们能完美解释柏丝的溺亡经过，结果警察说她其实是被钝器所杀，那不还是白搭吗？"

　　"我们应该回去了。"萨莉冷冷地说，"贝蒂，巴泽尔，你们可以跟我们一起去见柯德尔，看看能不能为帕梅拉做点什么。我真心为那个女孩感到难过。之前是因为她有柏丝这样的姨妈，现在是可怜她痛失亲人，还要面对这样的谜团。"

第七章

《尘埃》的作者

"达芙妮，你买我的新诗了吗？"

一个年轻人被玉米市场街上拥挤的人潮挤上人行道，拦住了正和朋友走向泊瑟芬学院的达芙妮。他笑起来很迷人，浑身散发着自信的气质，时不时地拨弄一下头发。

"我们财务主管刚遇害，你就指望我能看得进你写的诗吗？"

"老天！真的假的？怎么死的？什么时候？在哪儿？"

"我们也很想知道。"

"可是——我说，大家知道这事儿吗？你没骗我？"

"千真万确。所有人都知道，如果你不那么自大，多看看报纸的话，你也会知道。"达芙妮朝在街上蹒跚而行的一位老妇人挥了挥手，老妇人的腋下夹着一捆报纸，有一张露出半边，迎风飘扬，"女子学院溺亡之谜"几个字时隐时现。

"我的天！已经在大学里引起轰动了吗？会不会影响我的销量？"

"欧文，在所有利己主义者中……"

"停，如果你们的财务主管已经死了，再多的关注于她而言也没有任何意义了，但我的书卖得怎么样对我来说可是意义重大。你一定得买一本。现在就买一本，我请你喝咖啡，几点了？那去喝下午茶吧，走。"

达芙妮犹豫了片刻，站在原地假装认真地低头看自己的脚，任由其他人向前走远。

"有件事我想和你谈谈，"她承认道，"不如你直接送给我一本。"

"没有赠送本。"欧文·维拉威肯定地说，"布莱克·威尔先生不会同意的，我要是想拿回自己的钱，就必须先卖出500本。"

"所以这只是一次商业投机？我还以为你是个文思泉涌的吟游诗人，随意发挥聪明才智就能让这干涸的世界重新焕发生机——谁知道还要钱？！"

他们已经走到了玉米市场街的尽头，欧文拉着她的胳膊肘，把她带到拐角处，再往前就是宽街了。

"如果要天才源源不断地贡献智慧，就得有人出钱，我不明白为什么还要我倒贴，大家才会读我费尽心血创作的诗句。"

"多少钱？"达芙妮问。

"半克朗，已经是成本价了，就一首诗的钱，乔普林的木版画都没算呢。"

"可是没人会买的。你也知道牛津的人都不买新书。他们会直接去布莱克·威尔的书店看。"

"我还能不知道他们的习惯吗？但这次卖的是密封本！我有几个信得过的朋友会在书店高峰期的时候值班，如果他们看到有人撕毁了封条，就会伪装成布莱克·威尔的助手走过去见机行事，说'先生或者夫人，需要帮您把书包起来吗？两先令六便士'。这主意不错吧？"

"布莱克·威尔不介意吗？"

"他最初的设想就是开一家能卖书的店，结果牛津的学生把书店变成了阅览室。老教授一想到死亡，或者丧失理智、不能动弹，想到因此无法完成以'无法感知的现实'为主题的十篇论文，便感到恐慌。"

"但是，你朋友拿走我的半克朗后会做什么？"

"他们都是诚实的小伙子，会直接悄无声息地放进布莱克·威尔先生的收银柜里。到了，不过大家应该都还没来，所以你得先找真正的店员。勇敢点儿，进去之后亲切地说：'能给我一本维拉威先生的《尘埃》吗？'"

"《尘埃》？"

"多简洁的题目，怎么了？"

达芙妮沉默了一会儿，犹豫不决地说，"我可以去时代读书俱乐部看。"

"又来了！书不会卖给借阅图书馆。一个现代人却不愿意买一本现代作品。宁愿花两个半克朗借阅三个月的书，也不肯买一本。"

"我没想到你这么现实！"达芙妮看着他，"可是它真的值半克朗吗？或许我该借一本先看看？"

"达芙妮，我会请你喝上好的茶，地点随你挑，点心随便吃。"

"对了！"达芙妮从容不迫地上楼，走进布莱克·威尔的书店。过了几分钟便回来了，看到欧文在揉眉毛。

"我开始同情布莱克·威尔先生了。"他告诉她，又问："去哪家喝茶——斯图尔特、艾利斯顿还是富勒？"

达芙妮考虑了一下，"今天想去富勒家。布莱克·威尔的店员挺镇定的。"

"在不久的将来，牛津的售书员都会感谢我。我正在掀起一场买书革命！这可真是个苦差事。"

达芙妮手里拿着书，薄薄一本，手指滑进了腰封。

"天哪，我说姑娘，你就不知道尊重一下文学吗？你不会就打算在这庸俗的街道上，漫不经心地瞟一眼这首划时代的诗吧？"

"我只是想看看乔普林的木版画。"达芙妮无辜地说。

"乔普林也值得更好的对待。"

还不到喝下午茶的时间，人很少，他们很快就找到了一个靠窗的僻静座位。仔细浏览过菜单后，达芙妮将注意力转到了诗集上。

标题是《尘埃》，欧文·维拉威著，腰封上印着：

"你可以花半克朗买到电影院最好的座位，看上四遍都没问题，只要你看不腻，却没法将座位传给朋友。而只花半克朗，你就能买到本世纪牛津最伟大的诗篇和最生动的木版画，一边读诗一边赏画，没有时间限制，但如果你内心正直，就会为作者与画家的经济利益着想，从而想到你的朋友们也该贡献一份力量。"

"我不知道怎么阻止他们借阅，"达芙妮说，"但如果他们觉得它值半克朗，就会自己去买。"

"如果你内心正直——"欧文警告道。

"如果真是一杯高档茶的话……"

"只会更好。"欧文保证。

达芙妮撕开包装，翻开了书。封面、空白页、又一页空白页。

"纸张质量不错。"达芙妮说，"我猜读者会这样评价。"

再翻一页便看到了木版画，画的是一座圆锥形的小山，山上有一个凄凉的身影，流着大颗眼泪。

"主题不是很突出。"

"是有一点儿。"

达芙妮又翻了一页，看到了与封面相同的标题，正中央整齐地印着：

"我死后
便与垃圾无异
但我的尸骨会留存下来

滴在我的头上吧
如果你必须哭泣
泪水将洗净我的尘埃"

"不错，很有意境。"她翻开下一页，空白，再下一页，依然空白。"内容不值这么多钱啊。"

"不值？你看那个俄式奶油蛋糕，要9便士！半克朗只够买4个，到了明天你还会觉得自己的钱——或者说我的钱花得值吗？然而这本书里却留下了智慧的结晶。

"4个9便士比30便士多。"达芙妮告诉他，"刚看到还是有点惊艳的。到了明天，等我把内容消化了，俄式奶油蛋糕也消化了，我就能评估二者真正的价值了。"

"你不用花太多时间欣赏。"

"它的结尾的确美丽而宁静。我会让大家去买的，欧文，这样我就能观察他们翻开书页的表情了。要不要再喝点茶？"

"你刚才说你们的财务主管怎么了？"

"哦对！我跟你说。"达芙妮开始讲整个经过，概括了她们初步的猜想，描述找到的"线索"。

"你怎么看？"说完后她问道。

"所以你的财务主管是人人都想诛之的那种人？"欧文问。

"别总是叫她'我的财务主管'！又不是我选的。真是作孽，她管我们的吃住，我们只好屈服于她的暴政。但既然她已经死了，我还是得说句公道话，从学院的层面来说，她的确管理有方。很容易就能看出来，她是那种铁面无情的女商人，没有丝毫同情心。不是说我们想跟她哭诉还是怎样，但她冷血得不像人。"

"那从动机来说，你们中有谁会杀她？"欧文提问。

"我不做这种猜测。"达芙妮小心翼翼地回答，"毕竟你得对一个人痛恨到极致了才会冒着这么大的风险，不畏麻烦地杀人，杀完还有一堆残局得收拾。我们还没恨到这种程度，而且在牛津读书，好处还是很多的。但有这么个女人，工作又涉及学院生活的各方各面，却明显不把你们放在眼里，这真的很让人恼火。她只管做她自己的事情。"

"现在有了初步的了解。"欧文说，"我懂，她的自我优越感很强，瞧不起学生对吗？这种人若想惹怒别人，比易受情感支配的人要容易得多。有人反抗她，结果被她冷漠的态度彻底激怒，于是敲了她的脑袋。"

"没错，她轻易就能惹人生气。"达芙妮赞同道，"但这样说的话，脾气急、手劲大，和她有过争端的人都有嫌疑。有个叫隆德的老家伙，因为小路的使用权跟她起过冲突，而且会在看到泊瑟芬的任何一个人走在那条路上的时候马上暴跳如雷，但他的身体太弱了，连舀一勺米饭都费劲。"

"凡事无绝对。"欧文说，"愤怒能令男人力量大增，对女人也可能同样适用。你刚才说的德莱格是怎么回事？是个脸又扁又平的女生？"

"是的，我觉得她挺漂亮的，不过鼻子的确比较扁。你认识她，就我们第一次见面的那天，在马修·康尼斯顿房间里喝下午茶，我和她一起去的。"

"是那个女生啊。不怎么漂亮，过于苍白了。昨天在我们学院还看到她了。"

"你们学院？什么时候？"

"我想应该是下午。让我想想，我先去找布莱克·威

尔问我的书什么时候上架，回来的时候，我想应该是
3点。"

"你想了三遍，那肯定没错了！所以德莱格去了你们
那儿，可她为什么不告诉妮娜呢？"

"她为什么要告诉妮娜？"

"妮娜想知道，她够委婉了，但德莱格始终讳莫
如深。"

"说不定是来见康尼斯顿的呢，他俩是老相识了。他
父亲在南斯拉夫的外交部工作，他从小就见多识广。你这
么关心那女孩的事干吗？"

"因为德莱格的举动和柏丝的死有一些奇怪的交集。
我们不认为她真的会犯罪，但她的行为太可疑了，我们不
希望她卷入其中。如果我们能发现她和这件事有什么关
系，或许就能帮她了。"

"除了她说的血海深仇，我看不出你们还有什么依据
说她与案件有关。"

"不止如此，这也是我特别希望你能帮我的地方。你
知不知道马修有一把的折叠刀，刀柄上有棕色条纹的花
纹，用某种石料做的？"

"棕色条纹石头？"欧文不假思索地就问了出来。

"没错，就是它。"达芙妮激动地叫道。

"但是，"欧文意识到自己可能出卖了马修，"很多男

生都会用这种棕色刀柄的折叠刀。"

"不，这把很特别，如果不用金属原料，刀柄通常会用动物的骨头或者角来做。现在你能不能去看看马修的刀还在不在？"

"不可以！"欧文不松口，"我绝不会加入你们的调查，除非你告诉我更多信息。"

达芙妮把萨莉和妮娜在学院花园的夜间冒险告诉了他。

"你究竟要找什么，达芙妮？是不是想搜集更多证明康尼斯顿有罪的证据，然后把他交给警察？"

"这是我们最不愿做的事。"达芙妮严肃地声明，"我一直在想旅行指南应当收录哥伦布林·休斯的店，作为哥特式商业建筑的代表，你觉得呢？"她聚精会神地望向窗外，视线越过玉米市场街落在远处的大楼上，若有所思。

欧文的小腿被狠狠打了一下，他拼命忍住才没让自己叫出来，警惕地看向窗外。

"是普雷·罗斯金！太显眼了。"过了几分钟，他小心翼翼地回头看了一眼："你觉得她们听到什么了吗？"

达芙妮厌恶地看着那两个正准备离开茶室的女人。"虽然她们假装戴手套到处晃悠，但应该没得到什么有价值的东西。你得承认，德莱格用塞尔维亚语给马修打电话就是很奇怪。当天晚上有人到了河边，在柏丝的独木舟上或者附近有可疑举动，最后匆忙逃跑，丢下一把折叠刀。"

"确实很奇怪，但为什么找康尼斯顿呢？"

"电话内容和折叠刀。你跟他很熟对吧？能不能从他那里再打听打听？他和德莱格昨天下午都做了什么？柏丝的时间足够划到圣西缅学院了，你们的花园连着河岸，不是吗？"

欧文看上去忧心忡忡。"达芙妮，我不喜欢这样子。康尼斯顿是个和事佬，根本不可能卷入什么血海深仇。他的确对德莱格很照顾，所以可能会为她做很多事，但绝对不可能杀人。至于我们的花园，沿着河岸有一道高高的铁栅栏。他们不可能在岸边和你们的财务主管见面，只能像关在笼子里的猴子一样往外看。我会尽力帮忙，但不要抱太大希望。别过多地搅和进去，达芙妮。这事儿太危险，你不知道它会将你引向何方。不要总想着它，这也是一种精神负担。想想别的吧。"

"比如《尘埃》吗？"

"没错，提升思想境界正是你需要的。"

"听着欧文，如果你有什么发现，马上给我打电话，说请我喝茶或干别的都行，我就知道你有线索了，但除非你真的有事，否则不要打电话给我。我不想在电话里问你，怕别人听到。"

第八章

"妮比"

欧文·维拉威花费了大量精力推销《尘埃》，比平时在论文上下的功夫还要多得多。督察到车站接伦敦苏格兰场来的布雷登警探，带他去彻韦尔河谜案的现场。

"情况有点尴尬，长官。"韦恩解释道，"几天前局长出了车祸，一直处于昏迷中，但没有生命危险，他还不知道发生了这起案子。"

"很抱歉听到这个消息。"布雷登说，"希望在他醒来之前，我们能把案件细节都整理出来。他怎么出的车祸？"

"其实是他的车失控了，冲向了新环形交叉口中心的高地上，撞得很严重。"

"难怪会休克。这起独木舟案件有什么眉目了吗？"

"依我看还没有，长官。换句话说，就算稍有眉目，但在你想要仔细研究之前，情况又变了，您应该明白我的意思。"韦恩抱怨道，"就是这辆车。"

"又是变数很大的案子。"布雷登坐了进去，"现在是什么情况？"

"没错，长官，"韦恩表示赞同，猜想这位苏格兰场来的长官在说过去发生过的棘手难题，也许是城市金融案件之类的，但韦恩全无印象。

"我在调查沿岸所有船屋，想弄清楚那天下午彻韦尔河上都有什么船经过。原本打算在你到之前完成的，现在只剩一个地方没去，可能也是最重要的一个，圣西缅学院的船屋。"

"你有派人过去吗？"布雷登问。

"没有，长官，我想亲自去见那个船夫，刚得到消息他现在在那儿。"

"你想亲自去见他？"布雷登转念一想，"正好，我跟你一起去吧，你可以在路上告诉我案件经过。有嫌疑对象了吗？"

"我有个推测，长官，也不能算是推测吧，我觉得有可能是学生的恶作剧。把尸体放回独木舟上听起来不合常理，但我们在牛津大学里偶然看到他们居然会在烈士纪念碑的塔尖上摆陶器，于是我们知道也很有必要调查一下那些学生了。"

"虽然还不了解具体细节，"布雷登温和地说，"我突

然想到把尸体放回独木舟也在情理之中。还有什么更好的
办法把尸体从屋内弄走呢？"

"有道理，但前提是真的死于室内。我先把目前掌握
到的情况都告诉你。"

韦恩概括了案情，还没讲完，车就已经开过诺伦花园
路进入圣西缅学院了。下车后，他们穿过院子往右走，经
过一段黑暗的拱形走廊，绕过草坪，进入一堵高墙下的一
扇绿色小门，门外有一条小路通往一处隐蔽之地，在那里
他们看到一个满脸通红的矮胖男人，他在从船屋延伸至河
边的浮动码头上来回走动，手里拿着一罐清漆。

"你忙你的！"布雷登喊道，韦恩开始向船夫解释他
的来意。布雷登踱来踱去，仔细端详着一艘倒置在浮动码
头上，刷过新漆的独木舟，然后若有所思地注视另一艘系
在柱子上，在水上漂浮的独木舟。他走进船屋，里面光线
很暗，察看了空地上摆放着的储物柜上刻的名字。他从船
屋往外看，水里那艘独木舟的名字映入眼帘——妮比。

布雷登走近那两个人，他们还在认真交谈。

"我跟韦恩督察说了，长官。"胖船夫说，显然有人告
知他布雷登的身份，"周五下午雨停了之后我就一直待在
这里，做些日常工作直到天黑，确保不会有人在我不知道
的情况下取走船。船都好好地放在原地。"

"你有没有看到丹宁小姐划着独木舟经过？"布雷

登问。

船夫不好意思地将那张又大又红的脸朝布雷登凑近了些。

"我的耳朵不是很好。"他含糊地说。

布雷登只好又大声问了一遍。

船夫状似凄惨地摇了摇头，"我们又不是在宽阔的水域上，一眼望去什么都能看到。当然这里也很好，很安静，但如果忙着干活儿的话，我不会特别注意河上经过的人。"

"如果你在船屋里面干活儿，有人趁你不注意悄悄走过来上了'妮比'也不是没可能吧？"布雷登暗示道。

船夫了然地摇摇头，"恕我冒犯，但是您弄错了，长官。周五下午'妮比'放在船屋里，不在河上。周五没有船下水。如果我周五离开之前它在河里，那现在肯定已经不见了。晚上所有船都会被锁在岸上。"

"那今早有人划船出去？"韦恩问道。

"我没法回答这个问题。"船夫谨慎地回道，"除非那个人比大家平时在冬天出行的时间来得更早，今天天气还不错，最近难得有这样的好天气，我来这继续给船刷漆，到的时候'妮比'已经在水里了。"

"看来，昨晚康尼斯顿先生在你回家之后乘着它出去了，那是几点钟？"布雷登问。

"看来你都知道，"船夫阴沉着脸说，"那的确是康尼斯顿先生的船，但他也可能借给任何人。'妮比'是4点之后被人拿出来的，我听说那位女士死于4点前，所以两者之间没有任何联系。如果你去问康尼斯顿先生，我肯定他会把独木舟的前生后世都告诉你，他是位真正的绅士，虽然性子很安静。"

"我不知道他是否会告诉我们一切。"在他们返回车里的路上，布雷登沉思着。

"任何有船的人都有船屋的钥匙，"韦恩说，"而且在学院大门上锁前，也就是晚上9点前，都可以自由出入船屋。9点之后，这扇门……"他们到了高墙下的绿色小门处，"就关了，从船屋回来的人只能绕到正门，敲门叫守门人放他们进去。"

"我好奇他为什么要把独木舟留在水里？是粗心忘了还是太匆忙。我觉得现在还不是去拜访康尼斯顿的时候。我想先跟医生聊聊。这是你查到唯一有可能在周五那天到过这段水域的船对吗？"

"是的，唯一一艘。伊西斯河上倒是有几艘小艇出没。但都没有到过彻韦尔河的迹象。长官，我记得你说过你研究过这里的地图？"

"是的，我对这片地方有大致的了解。"

"这些滚柱就在泊瑟芬岛下方不远处，为了让船只穿过河坝而建。没有人去彻韦尔河的下游划船，因为河道窄，弯道还多。每年的这个时候，整个彻韦尔河上都不会有几艘船。天气好的话，女人可能会乘着平底船出来玩一玩，但从我们掌握的信息来说，星期五并不适合出游。我的人把上游沿岸所有船屋的船都查了一遍，他们说每一艘都是干的。如果真是学生们的恶作剧，那圣西缅学院无疑是最有嫌疑的地方，他们的船屋在彻韦尔河沿岸，离泊瑟芬岛也不远，所以我想自己去看看。"

"恶作剧的动静一般都很大吧？"布雷登问。

"很有可能。而且我觉得应该有一伙人。一帮人互相煽动情绪，以致最终把人淹死了。"

"但这样的话，要隐瞒可就不容易了。如果真是这样，你应该搜集到部分证据了？这条河以及那些船屋你都派人彻查过了吧？"

"是的。"韦恩点头，"不过我承认，这个推测不太站得住脚。"但他显然还不愿放弃，"据我所知还有一个嫌疑人，叫隆德。他在新马斯顿租房住，就在通往马斯顿村庄的路边——离渡船屋不到800米。那个老房子已经破旧不堪，他房租都付不起，更拿不出维修的钱。经常有人看到他在这里出现，还有一个老伙计，以前是园丁，隆德允许他在园子里种自己吃的菜，以后也可能会把花园留给他抵作报酬。周四以来，隆德好像时不时就在那儿晃悠，举止反常。我不知道周五他来过了没有，没人见到过他，但那天早上他离开了出租房，没说去了哪儿。不过今天他和园丁都在，我们的人一直盯着。"

"他们在做什么？"布雷登问。

"园丁拿着一把锄头来回晃悠，隆德也差不多，但大部分时候都待在屋子里。"

"你还没进去过？"

"实话跟您说，长官，我去找过隆德了，我以为他会直接让我进去，结果依然恶语相向，拒绝回答任何问题，当着我的面砰地关上门。不过我觉得里面不会有什么线索。我的意思是，就算真发生了什么，那个老头，就算是他俩一起，又哪里来的力气把尸体再拖到河里去呢？而且距离不算太近，任何从这条小路去学院的人都有可能撞见。"

"柯德尔小姐跟你提到的另一个农夫是什么人？"

"利杰特？说实话，长官，我看不出他跟这件事有任何联系，也看不出他能从中得到什么好处。不是说老隆德就能拿到好处，但他是个疯子，什么事都干得出来。我当然没忘了利杰特，只是还没跟进这一条线索。比起利杰特，学院里那几个女孩儿更让我担心。"

"你觉得她们有所隐瞒？"

"没错，她们在下午4点聚集在船屋屋顶的行为十分可疑，今天早上，其中一个姓沃森的学生走那条小路进了隆德的花园，借着紫杉的遮蔽，偷偷爬到花园尽头，那间已经废弃的船屋旁边。她在灌木丛里翻找了一会儿，然后就走了，我有个手下一直盯着她。现在的问题是，她在找什么？我们到了。"

无论何时，韦恩督察都会小心驾驶，加上上司最近遭遇车祸，他变得更为谨慎了。他的脑子里全是丹宁小姐之死的谜团以及留意苏格兰场来的长官是否觉得他有不够聪明、办事不利的迹象。因此从牛津市中心到警察局的这段路上，不仅车速缓慢，车上的气氛也相当严肃。

"长官，"他在前面引路，颇为自豪地说，"我们把独木舟搬到这儿了，您晚点可以看看，所有资料也都整理好了，舒德医生和我们的法医奥德尔应该已经在里面等您了。没错，他们就在那儿。"

布雷登仔细听着医生的报告，时不时地抛出疑问。

"所以关键的一点是她的后脑勺曾遭到钝器的重击，这可能使她昏迷，但不会致命。"

"但别忘了，"奥德尔医生插进来说，"您所说的钝器不一定是通常意义上的凶器。她可能撞在柱子上，或者其他坚硬但不锋利的物体上。"

"是的，我知道。然后在无意识的状态下淹死了——这用不了多长时间对吗？"

"那种情况下，几分钟就够了。"

"你觉得她在水下没待多久？只是单纯淹死的话从时间上来看不可能？"

"对。她的衣服都没有全湿，特别是腰部，"舒德医生解释道，"此外——"他开始谈起技术性的细节。

"了解，她的手表停在了 2:37，这会是她的死亡时间吗？"

两位医生迟疑了，"我刚见到她时，离她被抬出独木舟不超过 15 分钟，"舒德医生慎重地解释，"给我的第一感觉是距离死亡时间已经过去几个小时了。但有好几个疑点——我们看到她手表上的时间，似乎恰好说得通，但我不想对此多做解释，因为要在一两个小时内做判断是很容易出错的。"奥德尔医生似乎也赞同他的说法。

"我觉得可以肯定的是，手表是因为进水才停的，而不是本身老化了？"

"没错，长官。"韦恩满意地赞同道，"我碰到过用手表做文章的案例，所以找了个信得过的人检查，他说手表的状态很好，没有老化迹象。但这位女士的表是快是慢还是准时的，也没人说得清？"

"而且，也不能确定手表在她落水的那一刻就停止转动了，"布雷登指出。"在彻底进水之前，它可能还会再运转一会儿。你再问问你的人，韦恩，他觉得手表在损坏之前能继续转动多久，不过我估计没人能给出准确答案。这只能证明她是在2:37之前落水的。"布雷登断言，"还有别的伤口吗，医生？"

"没有挣扎的迹象，"奥德尔说，"她的衣服有被扯拽的痕迹，头发也披散着，但这可以说是把尸体拖回独木舟里时造成的。她身上有大量黑色泥巴，可能是在被拖上河岸的途中沾上去的，只是这样看起来，案发现场像一个泥泞的浅水滩，而非清澈的河水里。"

"不管是谁把她拖上岸的，那个人的腿和胳膊也会湿透，还会沾到很多泥巴才对？我想这并非医学层面的问题。"布雷登说。

"这是常识问题。"奥德尔非常严肃地说，"想把尸体抬出来自己也必定碰到水，至少会没过脚踝，除非他们在平底船上。"

"体重呢？"布雷登问，"那个女人胖吗？"

"不胖。"舒德医生说，"别人说她很高，不过是因为瘦所以显得高。但她的身材偏男性化，肩膀宽阔。可以说只要独木舟停在岸边，任何普通男人都能毫不费力地把尸体从浅水区里拖出来，放进独木舟里。"

"也就是说那处河岸的地势不高？"布雷登问。

"这会大大增加难度，可能人在站立时水很浅，但要把湿漉漉的尸体拖上河岸的陡坡，弄湿肩膀也不是没有可能。"

"对，谢谢，我也是这么想的。"布雷登说，"那现在的问题就是，如果她是在2:37之前淹死的，那2:37 ~ 4:15这段时间里，尸体在哪儿，为什么不马上让独木舟漂走，或者凶手确实推走独木舟了，但它被灌木丛挡住了去路，过了一阵子才又继续移动？韦恩，现在去看看那艘独木舟。"

途中，布雷登问了一下丹宁小姐的遗嘱。

"遗嘱和其他文件都准备好了，只等您过目，长官。我没发现和这起案件有联系的内容，她把所有财产都留给了外甥女，除了她似乎也没有其他人可以继承了。"

第九章

看见柏丝的男人

　　欧文·维拉威慢吞吞地走回圣西缅学院，达芙妮的财务主管和《尘埃》各占据他思绪的半壁江山。也许是因为这个，他决定从公园里绕道沿岸边走回去，只是此时已近黄昏，彻韦尔河上飘浮着层层迷雾，不太可能看到任何实质性的线索，即便那线索近在眼前。一座呈陡峭拱形的混凝土桥横跨狭窄河道，桥面滑溜溜的，他爬到最高点，在那儿站了几分钟，朝下游的泊瑟芬学院眺望。桥下方不远处，河的另一边，便是渡船屋的位置，花园北侧的边缘种着一排高大的榆树，几棵垂杨柳仿佛顶着一头乱蓬蓬的头发蹲在河岸边，一同将渡船屋隐藏起来。新洛德河就更看不到了——那条在彻韦尔河的左侧分支，将渡船屋与泊瑟芬学院分隔两边的狭窄水道。

　　欧文后悔没有更仔细地听达芙妮的故事，但他记得那些女生大概是在4:15发现独木舟的，也就是现在。独木舟一定是顺着主河道漂到泊瑟芬学院的船屋附近去的，因为新洛德河只不过是一潭流水缓慢的死水。

他看向上游的圣西缅学院。从公园一侧的河岸望去，视野相当清晰，另一边却被杂乱的灌木和芦苇挡了个结实。即使公园里的人没注意，漂流的独木舟也会很快被困在灌木丛里或者搁浅吧？欧文确信，不管达芙妮的财务主管遭遇了什么，事发地点一定在渡船屋那一块地方，隐蔽性很强。达芙妮曾提起的那间老隆德废弃的船屋，欧文记得它就在新洛德河的分支处，只是现在看不见。不过他想就算是白天，从桥上也依然无法看到吧。即使周五下午德莱格·采尔纳克来圣西缅学院的行为与财务主管有关；即使在圣西缅学院的花园里，德莱格和马修·康尼斯顿看到了财务主管乘着独木舟经过；即使他们准备用恶作剧来报复德莱格所遭受的屈辱，他依然确信，这些都和漂到泊瑟芬学院河岸边的装着尸体的独木舟无关。

不过有一把刀柄奇特的折叠刀，听着很像康尼斯顿那把，欧文很熟悉。欧文不知道德莱格是什么时候离开圣西缅的。她可能有时间赶回花园，越过那座桥，穿过渡船屋所在的那片土地，赶到河岸边，及时拦截财务主管的独木舟。但这太荒谬了。他现在想的可不是芝加哥的黑帮大佬，而是牛津大学泊瑟芬学院的一名外国籍学生，即便她性情古怪，但要做到这一切依旧不太可能，这一猜想违背常理。这里一片寂静，混浊的河水在迷雾中闪烁着微光，引人愁绪的枯树，这样的环境并不适合理性分析，而是更适合作诗，他刻意将思绪从神秘事件上拽回文字的魅力中，脑中闪现的好句"吹皱一池水"也无可避免地让人联想到"杀戮"，于是脑海再次被财务主管占据。他还想到，如果不赶紧走的话，自己就要被关在这公园里了。

圣西缅门口一片漆黑，他穿过拱门进到院子里，经历公园的黑暗后，眼前两排明亮的窗户看起来好似过节一般，他没有多想，径直朝马修·康尼斯顿的房间走去。他走上狭窄的石阶，只听见楼上传来一阵说笑声。这就奇怪了，因为康尼斯顿生性孤僻。他虽很聪明，脑袋里装满了冷门的知识，做事认真，有两三个亲密好友，但绝非那种会容忍别人随意闯进他房间闲聊的人。然而，康尼斯顿也会和陌生人私下讨论一些生活或学习上的稀奇古怪的问题。大家都说他八面玲珑，这大概要归功于他国际化的生活经历以及在外交圈子里的耳濡目染。他皮肤黝黑，长相不佳，个子小但腿长，一双手修长灵活，乌黑的双眼透过厚厚的角质框眼镜闪着光芒。

如果康尼斯顿正在聚会，那就没办法从他身上套消息了，欧文想，但还是去瞧瞧到底怎么回事吧。

门半开着。欧文推开门，看到康尼斯顿几乎整个人陷进一把扶手椅里，吸着烟斗，面前烟雾缭绕。而在屋子中央，大家目光聚焦的地方，站着一个人——迪克·贝叶斯，相传要不是看在他的划艇技术高超，学校根本不会接收他。桌子和椅子扶手上还坐了另外两个人，欧文隐约知道他们都是贝叶斯的朋友，红头发长脖子的那个叫尼克尔，体格壮硕神情冷漠的则叫汤普斯。

"跟你们说，我看到那个女人跟疯了一样朝彻韦尔河上游划，"贝叶斯宣称，"过了一会儿又返回了，动作特别快。"

"你们在说什么？"欧文惊诧地叫了出来，"什么时候的事？"

"过来一起听吧，维拉威。"康尼斯顿招呼他过来，"贝叶斯目睹了那个财务主管生前最后一次划舟的样子。不过你应该还不知道学校里有人遇害了吧？"

"独木舟上的尸体！我刚和一个发现尸体的女生喝茶。"欧文说。

大家纷纷发问："什么时候发现的？""谁干的？""在哪儿？"

"贝叶斯看到的才是最开始的部分，"欧文说，"我们得一件一件来，从开头说起吧。"

"我当时正在遛狗，它叫坚果，"贝叶斯解释道，"走到花园里那座桥的最高点，我看到一艘独木舟……"

"被困在桥上？"欧文讽刺地打断。

"你真有意思。是一个女人，穿了一件亮绿色的针织套衫，拼命地往彻韦尔河上游划。"贝叶斯并未受到干扰，继续道。

"几点？"欧文问。

"大概快两点的时候。她刚从桥下经过，所以我只看到她腰杆挺直的背影，但从她划舟的样子看，也是个中高手。"

"都没了才想起人家是个高手，有什么用。"尼克尔提醒他。

"时间差不多对得上，"欧文证实道，"她戴帽子了吗？"

贝叶斯想了一下。"好像是毡帽，头发什么样不记得了。我当时觉得她疯了，继续牵着坚果走到对岸的田地里。走回来的时候，我心想如果一直往上游去，只要船没搁浅，那个女人一定已经到艾斯利普了，结果我又看到一艘独木舟下来了。"

"又一艘独木舟？"

"还是同一艘，但这次我看到船桨边有件灰色巴宝莉大衣。其实有那么一瞬间我还以为是个男的呢。然后我想，女子学院一定在举办划舟比赛之类的，用的船桨都好重。难怪坚果狂吠不止！它也察觉到了不寻常。于是我又看了一眼，想确认是不是同一个人。"

"她去了上游，再返回下游很正常，"欧文指出，"那是几点？"

"大约3点。"

"你想不起来准确的时间吗？这很重要。"欧文催促道，"她们在4:15发现尸体，就在泊瑟芬的船屋。你是目击者，可以帮忙确认案发时间。"

"你有没有和谁约见面之类的？"尼克尔提示道。

贝叶斯思考片刻。"我听到西姆塔上的钟敲了三下，但那可能是后来的事了。我想起来了，我走到了公园对面才听到钟声，所以刚过3点我就又看到了那艘独木舟。"

"也可能是你把坚果放回狗窝的时候——也就是3:30；也可能是坚果开始打第四次架的时候——也就是你出门后5分钟；也可能——"

"闭嘴，尼克尔！维拉威说得对，时间很重要，我们得弄清楚。"贝叶斯认真地说。

"他会告诉警察。"康尼斯顿提醒他们，声音从椅子深处传来。

"我正好想知道。"贝叶斯说，"接下来我要做什么？"

"当然是见警察。"康尼斯顿重复道，"这很重要，你可能是唯一一个见过她的人。"

"那就看在上帝的份上，别要我了。"贝叶斯恳求道，

"要不是你们不停打岔，我早就把过程理顺了。"

"到警察面前出洋相才丢人呢。"尼克尔跟他说，"他们会问各种问题，然后从中找破绽，所以你最好让我们先帮你把故事讲明白。"

"千真万确。"汤普斯补充说。

"继续说独木舟吧。"欧文建议道，"你确定是同一个人吗？第一个是亮绿色针织套衫，第二个又成了巴宝莉大衣，而你没看到第一个人的脸。"

"第二个的脸也没看到。你也知道桥的高度，我只能看到她的头顶，她戴着同一顶灰色毡帽，压住了耳朵……"

"所以第一个也戴了灰色毡帽？"

"我不是说了吗？同一顶帽子，同样的身高体型，划舟的力度跟往上游去时也一样。她比较瘦，但肩膀宽。"

"作为一名划艇运动员，你再见到她肯定能认出来咯？"欧文问道。

贝叶斯的神情严肃起来。"和赛艇不一样，划独木舟没有那么强烈的个人风格。我想起来了，她每次都是侧着划桨，拿桨的姿势又稳又直。肯定是同一个人，不可能同时有两个强壮女人发疯，在冬日下午跑到彻韦尔河上划舟。"

"可是，你说她很强壮，但又说很瘦。确定不是两个人吗？"欧文问。

"她划桨的力气很大，但我记得她并不胖。"贝叶斯断定。

"可能一个是财务主管，另一个是凶手，正紧追不舍？"尼克尔提议。

"现在还没有定论说这就是一场谋杀。"康尼斯顿插话道。

"什么，难不成自己淹死了又回到独木舟里再划回去吗？"尼克尔问。

"我不知道怎么回事，"康尼斯顿一字一顿地说，"但还没有人发现凶手，不是吗？"他望着欧文。

"不一定。"欧文急忙回答，有点慌张，"这个财务主管似乎很不受欢迎，但即便是这样，凶手也不可能轻易承认。她和拥有渡船屋的老疯子吵过一架，但据说他现在手无缚鸡之力。除了不受欢迎，似乎并没有明确的杀人动机。"

"为什么女人总是遇害？"汤普斯问。

"并不是所有女人。"康尼斯顿告诉他。

"但那一类会……"

"性感妩媚的！"欧文大胆猜测，"某个花心男人招惹了太多漂亮情人，必须除掉一两个。"

"财务主管很好看吗？"

"我只稍微看过她几眼，"欧文承认道，"印象里是那种冷酷独立的老处女，没什么吸引力。可谁知道呢？你觉得她怎么样，康尼？你认识她对吧？"

"不比你了解得更多。我跟你的看法差不多。不是那种会对她纠缠不休的类型。"康尼斯顿回答。

"你散步的时候应该没注意有个杀人犯在附近出没吧？"欧文问贝叶斯，"比如，某个鬼鬼祟祟的家伙躲在灌木丛里？"

"天哪！我想起来了，我看到了一个举止粗鲁的农夫。他恶狠狠地瞪了坚果一眼，说它这样的狗是混世魔王，肯定会到处搞破坏。"

"确定是同一天看到他的吗？"

"我好像以前也见过他。似乎是那片田地的主人。我很确定就是昨天，我跟他在一起待了一天，他一直抱怨说想趁夏天没到先架一个铁丝网，阻止那些喜欢野餐的家伙来践踏他的干草。"

"他当时离河近吗？"

"就在岸边。"

"凶手找到了！"汤普斯叫道。

"闭嘴！"康尼斯顿说，"这么草率，那你也可以说贝叶斯是凶手，或者坚果。"

"但是，"贝叶斯反驳道，"我连那女人是谁都不知道。"

"好了，我们还没怀疑你。但是别告诉警察或者其他人你见过凶手了，"康尼斯顿建议道，"你确定没再看见别人了吗？"

"连个魂儿都没有！"

"女人也没有？一些当官的不是说女人没有灵魂吗？"康尼斯顿追问。

"我非常确定没有。"贝叶斯坚持道。

"维拉威，你不是还提到一条公用小路？"尼克尔问。

"对，但那条路在下游处的渡船屋那边，跟贝叶斯说的那个粗野农夫似乎没什么关系。不过这位财务主管跟他有别的纠纷也说不定，比如，在和农夫一起消磨时间的时候，听说他要装铁丝网阻止她去野餐，一气之下用船桨打了他，然后他把她扔进河里淹死，但又不想脏了自己的地方，就把尸体好好地放回独木舟上。"

"可贝叶斯后来又看到她了，好好地在划舟。"尼克尔反对说。

"贝叶斯不知道他看到了什么，不是吗？"欧文问道。

"我知道我见过那个女人两次。"贝叶斯坚持道。

"我不知道你问的这些蠢问题能弄清什么，但我发誓，她从桥下返回下游的时候还活得好好的。"

"发现她的时候是4:15，也是往下游走，但那时已经死了，"欧文指出。"从那座桥到泊瑟芬的船屋花不了10分钟吧？需要更长时间吗，康尼？"

"我不知道，没注意过。但她明显是在桥到泊瑟芬岛之间的河段遇害的。桥过去还有一片田地然后才是渡船屋。"

"是的，我下午从桥上观察过了，"欧文告诉他们，"很适合作案，荒无人烟，又栽满了树。如果贝叶斯真是在3点之前看到她的，凶手似乎一点儿都不着急，不过可能因为他胸有成竹，所以才不紧不慢的。"

"你还看到什么了，贝叶斯？"汤普斯问。

"对，我们必须先捋顺前后经过，"尼克尔建议道，"然后才能分析。最后把事实拼凑到一起，自然就能得到一个结论了。"

"对警察来说，推测要有充分的理由做支撑。"康尼斯顿建议道。

"你肯定还看到了别的东西，"欧文继续追问，"你见到她不久后她就死了。她的眼睛里有没有奇怪的光？她抓船桨的手有没有颤抖？是不是有另一艘独木舟迅速无声地跟在她身后？"

"别说了！"疲惫不堪的贝叶斯喊道。

"她返回下游穿的大衣是什么样的？"尼克尔问。

"她去上游的时候肯定没穿，如果你从后面只看到一件亮绿色针织套衫——或者弄错颜色了，其实是多瑙蓝或者淡紫色？还有，那件大衣在独木舟上吗？"

"不知道，很有可能。我看不太清独木舟里面。但是——啊我想起来了，她下来的时候独木舟里有个东西！"

"不对啊，她上去的时候你就应该能看到大衣。"欧文指出。

"我说了那时候我看不见里面有什么，但她下来的时候，里面的确有件大衣。"贝叶斯坚持己见。

"可你说她穿在身上，你完全弄混了！"

"也有可能是一条毯子，我想起来了，对，是条棕色的毯子！"贝叶斯扬扬得意地说。

"他以为看到一条响尾蛇，
用希腊语向他问话。
定睛一看，原来是
下周三。"

欧文引用了一段诗。"你可能更爱改编版：

他以为看到死去的财务主管
在划独木舟。

定睛一看，原来是
黄色凤头鹦鹉。
再加把劲儿，他说，
你的脑袋都变蓝了。"

"够了！把诗给纽迪吉特奖的组委会寄去吧，"尼克尔说，"现在继续说财务主管。"

"我越想越确定那就是一条毯子。"贝叶斯坚称，"还有，毯子下面藏着东西。"

"诗歌激发了他的想象力。"欧文说。

"下面有什么？"尼克尔问。

"有毯子遮着，我怎么可能看到。"贝叶斯气愤地反问，"可能是野餐篮吧。"

"野餐篮！"尼克尔嘲讽地喊道，"这种天气去野餐。"

"你会在独木舟上放什么？"贝叶斯问道。

"你的脑子只比动物好使一点，只能想到吃的也能理解。"欧文对他说。

"财务主管才不会这么没出息。说不定带了账本，用零碎时间处理工作。贝叶斯，你说得越来越复杂了，每一句'我想起来了'都会把故事越扯越远。"

"划独木舟这事本身就毫无意义。"汤普斯嘟囔着，已经觉得有些无聊了，"结论就是那个财务主管是个疯子，没了。"

"不管是不是疯子,"贝叶斯咆哮着说,"她划着独木舟去了彻韦尔河的上游,又划了下来,这个事实比你那些没用的猜测有价值得多。"

"这样讲简单明了,适合告诉警察,"康尼斯顿告诉他,"如果你能忍住不说其他细枝末节的话。"

"我来总结。"欧文帮腔道,"帮你梳理一遍。你去彻韦尔河上游遛狗,见到了一个农夫,又看到一位财务主管划舟上来和这位农夫见面,接着看到他俩一起去了下游,独木舟上的毯子下面盖着的是空瓶子。"

"闭嘴!"愤怒的贝叶斯喊叫道,"我想起来了……"

剩下的话语淹没在了突然爆发的哄笑声中,待四周恢复平静后,贝叶斯闷闷不乐地说:"我忘了要跟你们说什么了,这事儿很重要,却被你们的笑声给吓跑了。"

"你至少得承认我们帮你回忆起来了很多。"尼克尔说,"不管你说什么,警察都肯定会问'你怎么解释',而我们已经帮你解释了所有的难点。现在你都弄明白了吗?"

"我早就捋清楚了,"贝叶斯小声说,"在你胡说八道之前。"

"我建议你,"康尼斯顿插进来说,"自己一个人冷静地再想想,将多余的部分全都去掉,再去告诉警察,在那之前，不要跟任何人说。"

"好。"贝叶斯说完便离开了。

尼克尔和汤普斯准备跟上。

"发发善心吧，伙计们！"康尼斯顿喊道，"别跟着他了，不然他又会乱成一堆糨糊，到时候警察会以为是他干的。"

他们嘟囔着知道了，也走了出去。

"不知道他会跟警察说什么。"欧文喃喃地说。

"应该不会说多少，他很害怕把故事讲砸了，虽然到目前为止，他说得有条有理。"康尼斯顿回答，"我不该让你诱导他的。我们都不想把线索给混淆了。"

"你真的觉得是同一个女人吗？"

"极为可能，但我觉得他说毯下面放了野餐篮，是在瞎说。是否真的有毯子都得两说。对了，你究竟知道些什么？"

"我已经知无不言了。达芙妮·洛维里奇和她的伙伴们在船屋边看到财务主管的尸体躺在独木舟上。"他又重复了几个细节，"达芙妮说后来发现了一块毯子，所以我想贝叶斯可能确实看到了。"

"她没说谁有可能是凶手吗？"康尼斯顿问。

"没有，达芙妮在这方面嘴很严。对了，你那个外国朋友，是叫德莱格吧，除了我们聪明的朋友贝叶斯，她也是最后一个看到柏丝的人。"欧文故作不经意地说，眼睛却密切关注着康尼斯顿的表情。

"是的，昨天下午我见到德莱格了，"康尼斯顿抽着烟斗，同样漫不经心地回答。"她跟往常一样，冲过来跟我说她遇上的麻烦。"话音停了停，才又继续道，"那女人被杀的时候她就在这里。她独自一人闯进我的房间，净爱干这种事，除了自己的国家和家族，她对其他地方的规矩都嗤之以鼻。德莱格是个怪胎，但我们在贝尔格莱德的时候，她的家人对我们很好，所以我觉得自己有责任照顾她。"

"我听达芙妮说，德莱格讨厌财务主管？"

"她跑过来告诉我那个财务主管侮辱她，骂她是猪，这在南斯拉夫的语言里是很严重的脏话。德莱格为此非常痛苦，无法忍受再和那个女人待在同一屋檐下。我只好安慰她，跟她说英语里完全没那个意思。她走的时候已经没事了。"

欧文拿出一支铅笔，在一个信封背面使劲地画着。

"这是什么？"康尼斯顿问，"用几何图表现的新诗？"

"该死！"欧文喊道，"有小刀吗？我想画一张犯罪现场的地图，可是笔芯断了。"

康尼斯顿把手伸进口袋，但几乎立刻又拿了出来。

"我没有。为什么不用钢笔？"

"用钢笔我画不出来。你真的没有刀吗？不是一直带着的吗？"

"可能上课的时候借给哪个家伙了，"康尼斯顿不耐烦地回答，"用这支铅笔吧，但如果你还那么用力，一样会断的。"

欧文拿起铅笔继续画了起来，动作温柔了很多。

"假如财务主管于1:45从泊瑟芬出发，全力划到上游，返回经过桥下时被贝叶斯看到，那时刚过3点，你觉得她往上游划了多远？"

"是要做高数题吗？单程只要半个多小时，返回时肯定更快，毕竟现在水流强劲。我觉得应该超过了提姆的船屋。"

"知道这个好像也没什么用。反正排除了那座桥往上的河段，从那往下的区域发生了什么才重要。"

"没错，我对这些无聊的猜测有点厌烦了。我猜你还没有从达芙妮那里听到什么重大发现吧？"康尼斯顿突然抛出最后一个问题，从椅子里稍稍直起身子。欧文吓了一跳。

"呃，好像没有。"他结结巴巴地说，"什么样的发现？"

"你明白我的意思。"康尼斯顿似乎正盯着他，"欧文，你可能是位好诗人——没有赞赏你的意思——但绝对不是好侦探。你可能还不知道，苏格兰场的警察已经介入了，我看了《牛津邮报》最新的报道，你最好停手，让警察去调查。如果我有什么线索，我会告诉警察，只要与案件有关，但我不会故作玄虚地满世界去讲，或者告诉你。如果我弄丢了自己的刀，那是我的事。就算有人发现了，也与你无关。我估计是达芙妮怂恿你过来的，但你最好告诉她不要卷入刑事调查。如果她们因为德莱格不喜欢那个财务主管——她们自己也不喜欢——就对她穷追不舍，行事还这么莽撞，最后一定会付出代价。"

"对不起，康尼，我太自大了。我跟达芙妮说过让她少掺和。但其实她们是想保护德莱格，避免她因为鲁莽而出事。"

"不需要她们操心。德莱格没有危险，即便有，我也能保护她。我不想聊这个话题，但我告诉你一件事，我和德莱格都不知道是谁杀死了财务主管。"

"我不知道你是否感兴趣。"欧文慢吞吞地说，"达芙妮告诉我警察运走了财务主管的独木舟，应该是作为审讯时的物证吧。"

"哦。"康尼斯顿不置可否地说，"周一审讯对吧？警察一定还在死死盯梢吧，毕竟到目前为止，还没发现血迹斑斑的手帕或者钝器。"

"刚才是我冒犯了，我道歉，"欧文羞愧地说，离开了房间。

"我到底干吗掺和进来？"他自言自语道，"都怪达芙妮！"

然而，他回到自己的房间仔细想了想，觉得直接去责怪达芙妮就浪费大好机会了。她是个有趣的女孩儿，他很想在周日请她吃饭。毕竟他还可以跟她讲讲贝叶斯的发现，还有折叠刀，剩下的就交给苏格兰场警察好了。

他坐下来写到：

财务主管的话
从贪婪的财务主管的
躯壳中，
解放了我的灵魂。

"冷漠的年轻人，
无须探寻
这污浊的真相。

"它早已注定，
既然我已成灰，
去找苏格兰场警察吧。"

"明天下午一点，你是否愿意赏脸在乔治饭店与我共进午餐，我有话要跟你说。"

欧"

这封信要寄给泊瑟芬学院的达芙妮·洛维里奇小姐，他写完后急忙下楼放进信箱里，等学院的信差来取。

第十章

渡船屋的秘密

格温妮丝的房间位于学院大楼顶层的另一头，与萨莉的房间遥遥相望，占据着观察渡船屋的最佳视角，萨莉组织了"隆德巡逻队"在这里驻守。一名队员一直在格温妮丝的窗边值班，密切注视着渡船屋的两三扇窗户，以及后面那个长满青苔的露台。这个方案是在周六聚会后制订的，格温妮丝抗议说为什么要把她的房间变成岗亭，紧接着达芙妮也抱怨说，根本没东西可看，就算有，又怎么样呢？萨莉回答不上来，因为她也不知道自己在找什么，以及如果巡逻队发现了异常，她该怎么做。她只是觉得洛德联盟必须证明其存在的价值，目前她想不到其他办法。而其他人同意这个计划，一半是因为萨莉是联盟老大，另一半是因为在过去的两天里发生了不少怪事，未来可能还会有更多，而渡船屋和花园都是老隆德的所有物，他也是个怪胎，因此理所当然是滋生奇闻逸事的温床。

　　萨莉申请了晚上提前用餐的名额，这是为了方便刻苦的学生而安排的餐食，因为正点的晚宴还得浪费时间换正装。她们可以提前半小时狼吞虎咽地吃完一顿，然后匆忙回到自己的房间，安静地学习。萨莉用完餐后匆忙跑到格温妮丝的房间开始站岗。

　　"有什么异常吗？"她和格温妮丝交接时问。

　　"我刚才在换衣服。"格温妮丝解释道，"不过我的确瞥见楼下的窗户里有光亮，可能两扇窗里都有。光线并不稳定，也不是很亮，比较像有人在到处划火柴。"

　　"这肯定是条重要线索！"萨莉兴奋地叫道，"格温妮丝，你个傻瓜！怎么不好好盯梢呢？换衣服吃晚餐的机会天天有，但那间屋子里可能正在发生至关重要的事情。"

　　"每天的晚餐都有对应的衣服，"格温妮丝说，她对穿着很讲究，"我这换的已经是最简单的一套了，不管下面发生了什么，我也只能看得到这么多了。不信你自己试试！"她关上灯，飞快地走了出去，让萨莉一个人看着。

　　萨莉嫌弃了一番达芙妮在傍晚时分搬到窗户旁边的扶手椅，认为这是对严肃任务的懈怠。但她还是坐了下来，目不转睛地盯着老隆德的地盘，由于太过集中，屋子与灌木丛的幽暗和屋后露台的阴影之间的界线都开始变得模糊不清。她使劲眨了眨眼睛，甩了甩头，眼前才恢复清明，就在这时，她注意到一缕微弱的光线正从露台那边的窗户里射出来。她看到一处低矮石墙的边缘，几根灌木的细枝被扔了出来。随后又陷入一片黑暗。

屋里有人——但知道了又有什么用呢，除了给她一种掌握了秘密消息便具有重大意义的感觉。也许只能告诉那些该死的警察了。如果他们想监视渡船屋，一定会在白天进行。然而如果老隆德想隐藏罪证，必定会在晚上行动。她想偷偷溜出去调查，可是她不敢。贝蒂要是知道了肯定会生气，尽管萨莉表面上很独立，但特别尊重姐姐的意见，也很相信她的判断。当然了，也可以打电话给警察，告诉他们这一切，可如果最后让他们白跑一趟，什么都没找到，他们会觉得她神经过敏，出现了幻觉，多半再嘲笑她一番。不行，她不能告诉警察，除非先掌握一点确凿的证据。

其他人都吃完晚饭回来了，她还在思考这个问题。

"有什么发现吗？"妮娜问。

"屋子里有人，拿着照明的东西在移动。我在想我们该怎么做。"萨莉告诉她们。

"我刚才就说那里有光。"格温妮丝提醒她。

"现在我自己看到了，而且我确定那是老隆德。"

"如果真是他，你自己也说今早他在那儿，那肯定会有光啊。"妮娜指出，"屋子里没安窗帘或者百叶窗，所以光肯定会透出来。他可能准备睡觉了。"

"可他不住在那儿，里面连家具都没有。他应该有别的住处。所以他去那里是有不好的企图。"萨莉坚持道。

她们就此讨论了一会儿，其他人不同意萨莉前往调查的想法，建议不要再管了，或者告诉警察让他们继续调查，但大家越反对，萨莉的决心就越坚定，胆子也大了起来。

"听着，我要去了。"最后她向大家宣布，"我们在这儿空谈只不过是浪费时间。我希望有人能和我一起去，可以当目击证人，但要是你们不愿意，我也不勉强。"

"我绝对不会去的。"达芙妮说，"简直是疯了。"

"你呢，妮娜？"萨莉问。

"如果你执意要去的话，那我陪你。"妮娜勉强同意了，"你真是疯了，但就算去，我也不会跟着你进屋子的，如果你非要进去，我就喊，或者去找警察，学院的巷子里肯定有人巡逻，要是你理智一点，我就跟你去。"

"如果你要大喊大叫，我并不是很想带上你。"

"我去，如果你没意见，"格温妮丝冷淡地说，"我不会喊的，我讨厌晚上的噪声。"

"快9点了。"达芙妮提醒道，"如果你回来晚了，会有老师问的。就算你行动迅速，要是老隆德一路跟着你回来了，你打算怎么解释？"

"不需要做任何解释。"萨莉回答说,"我们会从以前常用的那扇窗户翻进来,你和格温妮丝帮忙盯着,确保它开着就行了。如果大门关了我们就爬窗户。走吧,妮娜,你得换身衣服,还是一样,橡胶鞋和深色衣服。"

几分钟后她们出发了,格温妮丝提前做了初步侦查,确保她们不会被人看到。

"我们不要走台阶进去,"萨莉说,"那边可能有警察监视。栅栏上有个破洞,就在快到台阶的地方,只用树枝堵着。"

四周伸手不见五指,巷子里似乎也空无一人。她们找到了那个洞,萨莉用力挤了进去,弄出不小的声响。伴随着树枝断裂的声音,妮娜也钻了进去。

"该死!树枝刮破了我的裙子。"

"嘘!站在那儿,别说话!别把人引过来,我们不能出声。"萨莉压低声音道。

她们靠着篱笆半蹲在潮湿的灌木丛中,保持了几分钟,周围都是些细碎的声响:滴水声、物体移动的窸窣声和嘎吱声,但栅栏的另一侧没有走动的声音。

"没事了,没听到人的声音。"萨莉终于开口道。

"我倒希望有!这地方真可怕。赶紧走吧,灌木上全是水。"

"我想尽量靠近屋子,围着它移动。一旦发觉隆德起了疑心，我们就隐蔽在灌木丛里不要动。如果他出来抓我们，我们就分头往巷子里跑，这样他就追不到了。"

"那比特尔呢？"

"他也抓不到我们，而且他晚上不住这儿。不管怎样，只要我们分头逃跑肯定能迷惑他们，逃过一劫。但如果你保持冷静，别出声，事情就不会发展到那个地步。"

"我怕老隆德，他那么虚弱，我感觉他会在我们身后爬来爬去，再趁机打我们的脑袋。"

"那就多注意身后，不要自乱阵脚，走吧。"

萨莉走在前面，把脚从黏糊糊的泥地里抽了出来，尽可能悄无声息地穿过灌木丛，走到一条小路上。她们小心翼翼地朝屋子走去，路的另一头一片漆黑，她们蹑手蹑脚地跨进屋子拐角处的露台里，萨莉倒吸一口气："瞧！"

一道微光从窗子边框与挂在内侧的窗帘或毯子之间形成的倒三角形缝隙中透了出来。她们踮起脚沿着墙壁一直走到窗边，想往里看个究竟。女孩们可以听到房间里传来的声响，轻微的敲击声和刮擦声，但透光的缝隙很高，她们什么也看不到。

萨莉示意妮娜离开，她们沿着墙壁蹑手蹑脚地往回走，屏息敛声地讨论起来。

"我们一定要看看，"萨莉说，"得找个垫脚的东西，比如花盆之类的。"

"去棚屋看看。"妮娜提议道。

两个女孩往回走，绕过屋角，沿着小路走到一间棚子跟前，就建在有争议的那条路的旁边，她们偶尔会看见老园丁在里面走动。门只用了个钩子闩着，里面没有人，妮娜拿出手电筒，看到一堆园艺工具、干球温度计和其他杂物。

"那里！"

角落里放着一堆花盆，被耙子和锄头围在中间。大花盆里套着小花盆，摞起来像一座倾斜的塔。萨莉绝望地叹了口气。

"你举好手电筒，我还得一个一个移开这些东西。先确认是否安全，要是在这儿被他逮到可就尴尬了。"

她出去查看了一番，除了湿漉漉的树枝断断续续地往下滴水，花园里一片寂静，于是她返回棚屋关上门。

既紧张又兴奋的她不禁一阵颤抖，开始一个接一个地把锄头和耙子搬开，再极为小心地从堆得最矮的花盆下手。

"别晃来晃去！你是不是抖得厉害。"

"我很好。"妮娜肯定地说，"只是想对准你搬东西的位置。"

萨莉抬起一个花盆，结果一块碎片掉了出来，哐啷一声砸到其他花盆上。

妮娜把手电筒关了，两人都吓得屏住了呼吸，但外面没有任何声音。

"只是很小的声响。"妮娜安慰她说。

萨莉继续干活儿，更加谨慎地把每个花盆搬出来。最后终于拿到了最大的那个。

"都快半夜了吧。"萨莉抱怨道，"我指关节上的皮肤都快磨没了，那些警察可长点心吧，这些时间都够我们杀好几个人了。"

"像你这么'不声不响'自然发现不了。"

"潜力都是激发出来的。该你干体力活儿了。把手电筒给我，我走前面，有情况马上告诉你，你拿着花盆跟在我后面。看在老天的份上，千万别把这东西摔了。"

妮娜乖乖听从。她紧紧攥着花盆走到门口，萨莉关掉手电筒，打开门后让到一边，示意妮娜先出去。

突然传来一声压抑的尖叫，把妮娜吓坏了，差点把花盆掉下去。

"你没事吧？"她紧张地问道。

没了光，棚屋里的黑暗让人难辨东西。萨莉忽地低声尖叫，随后又充满歉意地说。

"没事了，抱歉！我还以为是只湿冷的手，结果只是蜘蛛网。"

"确定不是别的吗？"

"很确定。一切正常。走吧，我来关门。"

关好门后，萨莉走在了前头，小心地摸索着，总算回到了屋子后面，轻手轻脚地把花盆放在刚才那扇窗下的一块平整石板上。萨莉踩了上去，抓着窗台，慢慢把眼睛抬到那道透出光的缝隙处。

低矮狭长的房间里，四面墙上镶有装饰木板，但并未摆放家具。在对面那堵墙上偏右的位置，有一个开放式壁炉，炉拱上方以黑色橡木为装饰，上面刻有繁复的花纹。穿着土色衣服的老园丁背对着萨莉，站在壁炉不远处，他分腿而立，膝盖稍弯，身体不自然地前倾着。他用颤抖的手高举着一盏灯笼，灯笼的光在这间漂亮的老房子里晃晃悠悠地摇曳着，有时会照映在他那饱经风霜、布满皱纹的脸上，仿佛是伊丽莎白一世时代雕刻家的作品。但光线主要对准了一对凿子和锤子，而紧握着它们的则是老隆德布满皱纹的双手。隆德就站在壁炉边的一个盒子上。借着灯光，可以看到他灰白的长发散乱地披在大衣领子上，萨莉瞥见他那张英俊的脸，鹰钩鼻，一双竖立的眉毛下眼窝深陷。但大部分时候他都朝前弯着身子，专心致志地工作，不急不缓地敲着、凿着。

萨莉从花盆上下来，一只手搭在妮娜的肩膀上。她拖着妮娜穿过露台，走下台阶来到河边花园，在这里她才放心地开口说话。

"我看见他了，还有老比特尔。老隆德正用凿子在壁炉上方的木镶板上凿东西，我只能看到这么多了。感觉他在雕刻一种非比寻常的东西。你比较高，应该能看到更多。他根本想不到有人在看他们，所以很安全，但别发出声音！"

她们返回监视口，妮娜站上花盆。几分钟后她下来了，她们退回到露台下面最底下的一节台阶上。

"他不是在刻东西，而是把之前的花纹给凿掉。"妮娜说，"我很确定，因为我能看到他正在凿的那块长板子。那些木板上好像刻满了铭文，他凿掉那些文字，好让表面变得光滑一点，但同时也变薄了。他是疯了所以没事找事做吗？但这个房间还是挺好看的。"

"这个我倒没太注意，不过要是窗户能正对着壁炉，房间就更好看了。我要再看一眼，你为什么觉得那是铭文？也有可能是血迹！或者他枪杀了柏丝，想隐藏墙上的弹孔。"

"这解释也太牵强了吧，而且看起来的确像文字，不过我看得不是很清楚，也可能只是一种图案。"

"我当然不是真的指弹孔，只是比起删除一段铭文，抹去犯罪的痕迹才是更合理的假设。特别是他那么爱惜自己的老房子。"

"我们在这争吵的工夫，他都快干完了。"妮娜提醒道，"我感觉他已经快收尾了，如果你还想再看一眼就赶紧去。但千万小心，那个花盆也不是很稳当。"

于是萨莉又一次爬到有利的位置，透过缝隙往里看。没错，妮娜说得对，他在凿下原有的雕刻花纹。越往上，窗帘露出的缝隙就越宽。萨莉想只要她站得更高，就能看得更清楚。她发现自己刚好可以够到窗户的上窗框，牢牢抓住，同时踮起脚尖，将身子侧向一边。现在她可以看到凿子的刀刃了，在锤子的敲打下，把凸出的花纹刨掉，只留下一道粗糙的痕迹，比那棵成熟的老橡树的表面还要苍白。

此时花盆动了。

"小心！"妮娜低声喊道，但为时已晚。

花盆砸在石板上发出了刺耳的响声，碎了一地。萨莉"砰"的一声落在地上，掉下来时抓了一下窗户。就在坠落过程中，她看到屋内灯光照映下的平静景象也被那响雷般的声音给打破了。

"快跑！去灌木丛！"萨莉屏住呼吸道。她们跑过露台，跌跌撞撞地走下台阶，连滚带爬地穿过花园。萨莉朝河边走去，看到墙内浓密的灌木丛。她在那里找到一个潮湿的掩体，蹲了下来，一动不动。

她能看到灯笼在露台上晃来晃去，两个老头儿显然在上头走来走去，大概在查看花盆摔碎的地方。紧接着老隆德开始大叫，他的第一声叫喊吓得萨莉心跳都快停了，她以为他在什么地方见过妮娜。但是没有，他并没有追过来，只是站在那儿，冲着黑夜大吼大叫。

"你们这些鬼鬼祟祟的入侵者，你们这些臭虫！滚开，自己淹死吧！我说你们统统淹死吧！我不会动手，但这屋子的诅咒会在你们身上应验！"

咒骂持续了一会儿，萨莉默默听着，浑身颤抖。骂声忽地停了，灯笼定在原地，萨莉害怕老隆德让比特尔举着灯笼当幌子，而自己正在夜色的掩护下向她过来。但是没有，将最后一声咒骂丢进静谧的花园后，灯笼开始沿着露台稳步移动，照着前方大步流星地走去，最终消失在了屋子尽头的拐角处。

萨莉还蹲在灌木丛里，似乎半个小时过去了。周遭一片安静，她们刚才偷窥过的窗户里也不再透出光亮。萨莉浑身发抖，想象着脚步声、有人穿过灌木丛的声音和有人喘着粗气的声音。妮娜在哪儿？现在要躲避的对象又换成了警察。如果他们真的在巷子里巡逻，肯定会听到这边的叫喊然后提高警惕。遇见他们比碰上老隆德和比特尔还要糟糕。

她爬了出去，花园的尽头有一条小路，与新洛德河河岸平行，通往巷子里。萨莉慢慢前进，每隔几分钟便停下来侧耳倾听，周围传来一些模糊的、令人毛骨悚然的声音，而后逐渐变得清晰，是踩断树枝发出的嘎吱声。

"萨莉！"一声最微小的低语。

"妮娜！这里！有条小路。"萨莉试探地伸出一只手，仿佛害怕摸到什么可怕的东西。不一会儿，妮娜摸索着抓住了她的胳膊。她们如释重负地紧紧抱在一起。

"恐怕那些警察正在巡逻。"萨莉小声说道，"如果我们再从之前那个洞钻出去肯定会弄出声音。我们可以穿过这个花坛爬到栅栏边，再沿着栅栏走到台阶那儿，翻过去再火速往学院大门跑。

"如果被他们看到，很容易就能追上我们。"妮娜反对道。

"没有别的路了。只有走大门才能回到泊瑟芬岛上，除非你想游泳。吵闹声已经过去很久了，现在应该没人在盯着了。如果注定要被抓到，与其从栅栏的洞里爬出去，还不如走台阶。"

"多么美好的夜晚！我们肯定在里面待了好几个小时了！我现在狼狈不堪，何不直接走小路旁的台阶？"妮娜问。

"因为如果他们正在盯着，肯定会看到我们走过来，然后把我们拦下问些难堪的问题。但如果我们翻栅栏出去，等他们发觉我们都已经出去了。你可以先翻过去，如果我被抓了你就赶紧跑。毕竟是我叫你来的。"萨莉十分讲义气。

"如果遇上麻烦，我们有难同当。"妮娜勇敢地说。

于是她们拖着沉重的脚步穿过栅栏下面湿漉漉的花坛。到了台阶边，她们停了下来。

"走吧！"萨莉嘟囔着向前冲去。妮娜听到她闷哼一声"该死"！但她还是灵巧地跨过台阶，走下几级后停了下来，等妮娜跟上，最后两人迅速跑过新洛德河上的桥，冲向泊瑟芬学院的大门。

一束强光从她们身后的黑暗中射了出来，照在她们快速移动的影子上。

"越过大门！"萨莉喊道。她们毫不犹豫地爬了上去。萨莉离开前门，沿着左边的小路往前走。几分钟后，她们气喘吁吁地站在之前用过的窗户下面。

"把鞋子丢在这儿吧！"妮娜提议。

"我只剩一只了，"萨莉说，"另一只掉在台阶旁边的泥巴地里了。他们应该没跟过来。就算看到我们了，也肯定认不出来。"

"不，这太简单了，如果他们想知道我们是谁，去前门让柯德尔出来——点名就行了。我们不可能那么快清理干净的。我觉得我们最好把鞋子穿回去。老天保佑达芙妮有看好窗户。"

萨莉抓着窗台将身体往上拉。太好了，窗框在向上移动。"很好！"她打消了妮娜的疑虑，扯开窗帘，进入了学院。妮娜也跟了上去。

达芙妮从角落里走出来，身穿红色丝绸睡裙，整洁而优雅。

"我的天！你俩这一身也太好看了！最好都去萨莉的房间，我去看看有没有人。"

她们跟着她上了楼，偷偷摸摸地绕过拐角。终于进了萨莉温暖又安全的房间，她俩互相看了看。乱蓬蓬的头发，脏兮兮的脸，浑身都是泥巴，妮娜的裙子也被扯破了，有个不规则三角形的裂缝，萨莉的一只手上沾着泥巴，还有点血迹。她们冻得直发抖。

达芙妮嫌弃地打量着她俩，"你们最好赶紧收拾干净。苏格兰场的警察来过了，要见你们。"

她们眼睛睁得老大，好一会儿说不出话来。

"现在几点了？"萨莉看了一眼手腕后突然问道。"我没戴手表还是把手表掉在那里了？"

"过了10点了。"达芙妮告诉她。

"我还以为已经到明天了。你是说真的吗？他什么时候来的？"

"你们出去后不久。柯德尔没看到你们，就派人来找我，看我知不知道你们去哪儿了。"

"你怎么说的？"她们都倒吸了一口气。

"我尽量含糊其辞，说你们可能忘记宵禁的时间出去了——我知道他们很快也会发现的。我觉得苏格兰场的警察知道。"

"柯德尔生气了吗？"萨莉有些担心地问。

"生气倒没有，但挺伤心的。我得通知她一声你们回来了。我记得苏格兰场警察走的时候说了晚点会再过来。"

"天哪！早知道我们就从前门进来了，反正他们都知道我们出去了。"妮娜说，"那后面追着我们的光肯定是苏格兰场警察照过来的了！他知道我们进来了。"

"达芙妮，你能不能去找简说一下？"萨莉恳求道，"她是个好人，让她去跟柯德尔说我们进来了。她不必明确说是她开的门，柯德尔自己会这么想的。达芙妮拜托！我们马上去洗干净，换好衣服等警察来。他肯定会紧跟着我们过来的。"

"我去试试。"达芙妮同意了，"妮娜，我去给你拿件睡袍，赶紧把身上的破布脱了直接去浴室。你俩都给我快点！"

她们扯下身上的衣服，冲进了浴室。

第十一章

苏格兰场与洛德联盟的商谈

明亮的浴室里热水蒸腾，四处弥漫着雾气，洗掉一身的脏污，萨莉和妮娜才又找回自信。她们回到萨莉的房间。妮娜穿着一件棕色天鹅绒的修身长袍，一头棕发像往常一样盘在颈后，尽显端庄文静。萨莉则穿着吃晚饭时没换上的黄色运动衫，看起来精神抖擞。她们现在自我感觉良好，仿佛完成了一件大事，可以给警察提供一些重要线索了。达芙妮回来了，说简答应帮忙了，等着柯德尔叫她们就好了。

"现在跟我说说，你们是去给洛德河挖河道了还是怎么着，瞧你俩这样子。"达芙妮刚要开始数落，只见一个穿着蓝色丝绸睡衣的人突然闯了进来，顶着一头乱糟糟的蓬松金发，脸也红通通的。

"格温妮丝！你洗个澡又把自己给煮熟了。"萨莉抗议道。

"你看起来像个红着脸的金发小妖精。"妮娜说。

"你学过做饭吗？"达芙妮问。

"我？"格温妮丝一脸天真地反问。"只会炒鸡蛋。"

"我就知道。如果有人好好教过你，你就会知道煮过头的蔬菜，精华会全部流失进水里。你现在就是这种状态，你所有的'精华'，包括智慧，全都跟废水一起冲进下水道了。你永远拿不到第一。"

"我本来也拿不到，不管熟的还是生的。"格温妮丝附和说，"我主要是洗头发洗了很久。我想听最新消息。"

"最新消息，"达芙妮告诉她，"就是苏格兰场的警察找洛德联盟帮忙一起破案，我们在等着和这位绅士的侦探先生见面。"

"什么？也要见我吗？"格温妮丝吃惊地叫了出来。

"我不确定，但我有一种预感，他想见我们所有人。"

"我该怎么办？"格温妮丝发出一声急促的尖叫，"我敢肯定柯德尔不会允许我以这副样子见人，但等我梳好头发黄花菜都凉了。"

"用梳子随便梳一梳，"妮娜建议道，"衣服也整理一下……"

此时一位女仆来了，说布雷登先生要见她们所有人。尽管柯德尔小姐没有告知这位访客的正式头衔，但她已经在心里对这次晚间 10:30 的到访进行过百般猜测了，她边传达消息边观察格温妮丝的样子，离开时没忍住笑了起来。

"快把自己收拾干净。"妮娜催促格温妮丝，"我们跟他说了你也会去。"

布雷登警探身材高大，神情严肃，有一种学者的气质，薄薄的嘴唇紧抿着。他和柯德尔小姐在公共休息室等她们。她慌张地将三人分别介绍了一遍，然后问格温妮丝去哪儿了。

"她刚洗完澡。"萨莉解释说，"马上就会过来了。"

"我先向各位道歉，"布雷登笑着说，"这么晚了还来打扰大家。请不要担心，柯德尔小姐。"

院长急匆匆地走了，仿佛想撇清自己与这件事的关系。

"谢谢几位'私家侦探'愿意在百忙之中抽空见我这个苏格兰场来的老古板。"布雷登说。

女孩们怀疑地看着他。他的眼睛笑得眯了起来，心情很好的样子。大家沉默了几分钟。

"你想知道什么？"萨莉问。

"谁杀了丹宁小姐，时间、地点和原因。但你们应该不会跟我说吧？不过，你们可以告诉我一些信息，说不定会有用，最微不足道的细节也很重要。首先，关于周五下午，你们后来有回想起什么还没跟韦恩督察讲过的事吗？"

她们面面相觑。"我们问过几个人，拼凑出了大概时间，"萨莉说，"丹宁小姐是在1:30 ~ 2:00出门的，可能是1:45——你应该知道吧？"

"只管说就好，就算是我知道的也没关系。在案子水落石出之前，每一个细节都有助于我们厘清头绪。"

萨莉拿出一本活页笔记本，抽出两页递给他。"我把见过她的人的名字以及说过的话都记下来了。"

布雷登瞥了一眼书写整齐的内容，"很有条理，沃森小姐，你帮了大忙了。那天下午4点前，你们每个人都在哪儿？"

她们告诉他，妮娜在打曲棍球，达芙妮在房间里看书。

"我在训练。"萨利说。

"就在学院里？"

"对，我之前因为得流感错过了一堂课，所以莫特先生给我额外补课。他是圣西缅学院的老师，但不住在学院里，所以作为一名绅士，他直接来这儿给我上课了。"

"他走哪条路来的？"布雷登问。

"他的房子在圣西缅学院上方的河边，所以应该是走公园那边。"

"几点上课？"

"3:00～4:00，但他不是很准时，我3点就到了，而他迟到了几分钟。他总是心不在焉的，经常忘记时间。"说着萨莉突然笑了，他们都惊讶地看着她。

"对不起。"她抱歉道，"我只是想起了一件好玩的事儿。关于时间……"

"你最好把这个玩笑也告诉我们。"布雷登建议道，"你的朋友们都好奇着呢。"

"刚才说起莫特先生心不在焉，正好提醒了我。"萨莉解释道，"他穿着最邋遢的旧裤子和鞋子就来了，说是忙着打理花园的时候突然想起还有课要上，于是来不及换衣服就直接过来了。他看上去特别心烦意乱。"

"是打理花园的时候沾上泥巴了吧？"布雷登笑着说。

"感觉不是，估计他就是跟无头苍蝇似的在里面走来走去，随便修剪两下。"萨莉解释说，"我记得只有他的鞋子上有泥巴，不过也正常，通向渡船屋小路的阶梯旁边，有一大片泥沼。"

"你的训练4点就结束了？"布雷登问。

"是的，莫特先生在我们听到钟声敲响后不一会儿便离开了，我想他在从公园过来的路上有见到丹宁小姐也说不定。请告诉我们，你觉得她是什么时候遇害的？"

布雷登摇摇头："一个显而易见的推测是，独木舟不会漂得太远，因此丹宁小姐的尸体最多只在上面待了半个多小时。你们可能已经想到这一点了。但显而易见并非总是等于事实。"

这时格温妮丝来了，脸上的红已经褪去，她的睡袍整齐利落，头发也垂了下来。

"很抱歉。"她说，"我不知道你也要见我。"

"你保持了良好传统。"布雷登安慰她说，"夏洛克·福尔摩斯最喜欢睡袍了。我在了解周五下午发生的所有事情，然后才能进行下一步。4点之前你在做什么呢，潘恩小姐？"

"我在房间里用钩针织帽子，但织得不是很好。"

"很遗憾，我相信这活儿一定很费心思。你们还能想起更多事情吗？你们知不知道丹宁小姐有没有带毯子上独木舟？"

她们吓了一跳。

"不，她没带毯子，我们基本可以肯定。"萨莉宣称，"但你想知道毯子的事吗？"或者她能扬眉吐气一回了。

"我承认我对地毯很感兴趣，可能是棕色的。"布雷登说。

"你找到了吗？"萨莉试探性地问。

"我希望。"他坦白地说，紧紧盯着她。

"渡船屋花园的尽头那边有一面墙，墙旁边有一片灌木丛，你们可以去那中间看看。"萨莉说出她的发现。

"很高兴知道它的位置，不过你在那些灌木丛里跑动的动静太大了。"

"我才没有！"萨莉愤慨地反驳，"我特别小心，就因为不想弄出声音。"

"你们穿的什么鞋？"他问。

萨莉伸出一只脚，"休闲鞋，但不是现在这双。因为沾了泥巴，我换掉了。37.5码的。"

布雷登看了看，点点头，"还有其他可以跟我分享的发现吗？"

"有。"萨莉说，"两个。第一，"她拿出折叠刀，依然用手帕包着。"我想最好还是告诉你，"等他小心地接过去，她继续道，"我们过后才想起上面会有指纹，你可能只会看到我和妮娜的了。"

"这是在哪儿找到的？"

萨莉和妮娜道出了原委，他神情严肃。

"很高兴你们能把这个交给我，还告诉我毯子的事，我就不过多追究了，只能说你们浪费了自己宝贵的时间，还抹掉了重要的罪证。知道这是谁的刀吗？"

"即便是我们认识的人，我们也无从找起。"萨莉说，她疑惑地瞥了达芙妮一眼，后者故意装作一副茫然的样子。

"我只知道，"格温妮丝突然坐直了身子，"我听到德莱格·采尔纳克在周五晚上用塞尔维亚语和别人打电话，而通话对象通常都是圣西缅学院的马修·康尼斯顿。"

"但德莱格说的任何话都无须太在意，也不用惊讶她有多激动。"萨莉匆忙补充说，斜眼瞪了格温妮丝一下，"南斯拉夫人似乎天生容易情绪激动。"

"这个我相信。"布雷登赞同道，"但潘恩小姐，你知道他们说了什么吗？能听得懂吗？"

"听不懂，但德莱格用英语很清楚地说了一两次'柏丝'，似乎聊到了什么让她很生气的内容。"

"采尔纳克小姐知道你们找到这把刀了吗？"布雷登问。

"不知道。她打电话的时间要早得多，就在案发当天的晚饭之前。"格温妮丝解释说。

"马修·康尼斯顿是德莱格的好朋友。"萨莉进一步解释。

"因为他俩会说同样的语言——他曾经待在贝尔格莱德——她可能觉得和他沟通比和别人都要容易些，而且她轻易就会生气，所以就算她打电话跟他说丹宁小姐淹死了也并不奇怪。何况这个消息本来就够令人震惊的。"

"我们真的对那把刀一无所知，也不知道有什么含义。"妮娜肯定地说。

"我明白。"布雷登告诉她们。

"我们还是坦白吧，"达芙妮说，"就像大家在牛津团契运动时做的那样。我要告诉你，德莱格·采尔纳克的确在周五下午到过圣西缅学院。虽然只是传闻，但我确定这是真的。至于我从哪儿听说的就不讲了。萨莉会觉得我在出卖德莱格，但你很容易就能发现，因为总有目击者，你早晚会知道的。还不如早点告诉你，或许你能把事情弄清楚，然后给大家一个解释。"

"我觉得你做得对。"布雷登说，"如果这件事很重要的话，我一定会知道的。你提到的第二个发现是什么，沃森小姐？我猜是今晚发现的吧？"

"用光照我们的是你对吗？"妮娜问。

"你没跟柯德尔小姐说你看到我们从小巷里跑回来吧？"萨莉竭力装作若无其事的样子。

"我来这里只是为了收集信息，而非告状。"布雷登指出。

"谢谢你这么好心，没有揭穿我们，所以我决定把我们发现的一切都原原本本地告诉你。"萨莉坦白道。

"真的太好了。"布雷登回应道，"现在可以告诉我，今晚你们在渡船屋的花园里发现什么了吗？"

萨莉开始讲起了故事，但很大度地让妮娜把她们透过窗户看到的情景准确地描述了一遍。

"确实有点奇怪。"布雷登评价道,"你们对此有什么想法吗?"

"毫无头绪,你瞧,我们去的时候根本想不到会看到什么。"

"你们以前应该没进去过吧?"

她们都摇了摇头。"也没从窗户往里看过?"

"我们很少走那条路,"达芙妮解释说,"通常会骑自行车的。只有财务主管经常走,因为她认为我们有使用权,想用这种办法硌硬隆德。但没有人想遇到老隆德,就连比特尔也不想看见。"

"你知不知道有谁曾经进过那间屋子?"布雷登问。

"你是想找看到过壁炉上被老隆德凿掉的花纹的人?"萨莉直截了当地问。

布雷登点头,"我觉得伊齐基尔·隆德和这件案子没什么关系,但还是想知道他为什么要毁坏自己的壁炉。这些老古董或许能启发我。我知道这是一间历史悠久的老房子。"

"我第一次听说渡船屋的故事的时候,翻遍了旅游指南,"妮娜主动提出,"但上面没有多少内容,更没有提到铭文——如果真是铭文的话。"

"回到周五下午。"布雷登说,"4点钟你们在船屋屋顶见面,是约好的吗?"

"是的。"萨莉承认，"我们以前也去过，为了找个私密的地方聊天。但我们没想到会看到财务主管从河上漂下来，也不知道她在独木舟里。"

"我知道。"达芙妮插嘴说，"有人曾提起过，但我没有刻意记在心里，直到我们听到独木舟漂过来，和灌木丛发生刮擦的声音，我就想到可能是她的。"

"独木舟就是沿着学院这边漂下来的是吗？"布雷登质问道，"不是从公园那一侧或者其他地方漂过来的？"

"好像是从河道拐弯处过来的，就在灌木丛下方。"萨莉说，"我真的没想到会是独木舟，我们先听到声音，然后才看到船。"

"你们确定河上没有其他船了吗？"

大家一致认为那天下午4点，没有其他船只经过船屋，或者出现在视线范围内，直到她们发现尸体。

"听着，"布雷登认真地说，"你们提供了一些很有意思的信息，可能对本案很有帮助。如果听说了任何你们觉得我应该知道的消息，可以随时通过本地的警察局联系我。但我必须严令禁止你们再去渡船屋冒险，到目前为止，我们的人只会报告有谁进出过，我想你们还没意识到和这些当事人的冲突会把嫌疑引到你们自己和学院身上？以后我们会严密监控渡船屋，那条小路也会暂时禁止使用，如果未经许可的闲杂人等在现场逗留，很容易遭到逮捕。实际上，我不希望伊齐基尔·隆德受到干扰。我跟你们说过，我觉得可以排除他作案的嫌疑，但这人半疯半癫的，即使没做什么也可能知道些内情。我想让他一个人待着，只是监视他。与此同时，你们必须记住，如果他真的犯了罪，很可能是因为被逼入绝境了，到时候对你们可就不是诅咒这么简单了。要是你们违背了我们的规定，我会让柯德尔小姐严格限制学院里每个学生的出入——这是所有人都不愿看到的局面！"

"我们不会靠近那个地方的，"萨莉保证道，其他人随即附和，"事实上我也不想再去了。"

"那个，"布雷登继续道，"你可以自己推测一下伊齐基尔·隆德的行为，因为我注意到我在说他不是罪犯的时候，你其实并不赞同，但你想想，如果他真的是，他会继续出现在案发现场吗？尤其是在他有其他住处的情况下。如果他真的杀了人，听到你在他的窗子下打翻花盆，不是应该更惊慌失措吗？对你赶尽杀绝或者赶紧逃跑不是才更合理吗？"

"那他在那儿干吗呢？"萨莉坚持道，"他很少会连续两三天都出现。"

"我也想知道原因——这可能对解答丹宁小姐的死亡之谜有帮助。"

"你们有嫌疑人吗？"格温妮丝打着哈欠问。

"你们想没想过这个可能,"他回答说,"学生想要恶作剧,却以悲剧收场?想象一下,两三个年轻人开玩笑地推翻独木舟,丹宁小姐的头撞到了什么东西,没能再浮出水面。过了几分钟,他们意识到不对,才赶紧把她抬上来,却发现人已经死了,这时他们会怎么办?这种情况足够让任何人失去理智和判断力!"

"你真的觉得是这样吗?"萨莉问。

"不管是谁遇到这种事都会觉得很可怕。"格温妮丝回应道。

布雷登仔细观察着她们,"没错。我不知道真相是否是这样,但这种可能是存在的,过失杀人而非谋杀。还有,恐怕需要你们在下周一的审讯中提供证据,但如果还得不到一个明确的结论,我们很可能只会概述大家已经知道的要点。沃森小姐,我听说你姐姐正要去绑架一个潜在证人?"

"你是说财务主管的外甥女——帕梅拉·埃克斯?她挺神秘的,你应该知道吧?财务主管从不会让她与牛津大学的人有任何瓜葛。我姐姐和她的丈夫巴泽尔·彭莱顿今天去剑桥大学接她了,明天会载她过来。"

"韦恩督察已经见过她了,"布雷登告诉她们,"我认为她对这件事一无所知,所以并不想纠缠这个可怜的姑娘。但我要做一件在自己职业生涯中最冲动的事了。"他故意停下，环顾她们吃惊的脸，"我要向四位女士吐露心声，希望不会逾矩。你们可以帮我做两件事。我不需要你们以任何方式监视埃克斯小姐，但她可能会跟你们聊到丹宁小姐定下的不许与牛津有任何联系的奇怪禁令。一旦你们了解到任何可能的原因，请告诉我。还有一个就是渡船屋的铭文，也许你们能在学术研究的文献中找到一些线索，如果有，也请告诉我。"

"我们会的。"她们向他保证。

"好了，现在大家都该回去睡觉了，不许有人下床。晚安，谢谢大家！"

四个姑娘压低了嗓门，一起上楼去了，大家都同意去萨莉的房间。格温妮丝哈欠连天。

"我快憋死了，"她抱怨道，"结果越憋越想说。说完感觉好多了。"

"他真是个正派的人。"经过方才的观察，妮娜说。

"真希望我知道他知道些什么，在想些什么。"萨莉说，"我们得找一下铭文的来历了。我知道拉德有做一些研究。"

"你准备从哪儿开始？"妮娜问。

"牛津的历史，要么就是讲建筑或老房子的书，诸如此类的东西，"萨莉含糊地说，"你最好也查一查，妮娜，你不是很喜欢那间屋子吗？"

"可以呀，但估计周一前我都没时间。"

"妮娜，玛丽·温特沃斯的姑姑没跟你说过什么吗？"格温妮丝睡意矇眬地问。

"有，但我觉得她自己从来没进去过。可能老隆德把他自己和他的房子藏得太深了，没人知道那里刻着什么。"

"看这里！"萨莉突然喊道，"你们有没有想过？柏丝可能是在新洛德河里淹死的。这是一条非常狭窄黑暗的河道，夹在老隆德的那面墙与我们的树篱之间，就算从我们的桥上也什么都看不见，因为它是弯曲的。没人会划船经过那里，因为水又浅、淤泥又多。地毯可能也是从新洛德河上扔到墙那边的。然后把载着尸体的独木舟拖到隆德船屋下方的分叉口，再让它从洛德河漂到我们这里。"

"那他们为什么要把船桨留在河流分叉口？"达芙妮问，"既然没留在案发现场，为何不直接放在独木舟里？"

"可能为了迷惑别人吧。我不知道。"萨莉疲惫地承认，"我要去睡觉了。"

此时，布雷登警探正与在小巷里遇上的韦恩督察聊天。

"不用担心那些女孩子，"布雷登向这位本地督察保证，"如果真是恶作剧导致的意外，跟她们也没关系。她们的所作所为，只不过是出自年轻人天生的好奇心以及盲目的自信，认为只有自己才能想出好点子。不过她们的确发现了一些线索。还有，她们确定周五下午4:00 ~ 4:30

没有其他船只经过她们所在的船屋。"

"尽管如此，长官，"韦恩坚称，"你要知道，船可以不必逆流而上，而是走泊瑟芬岛旁边那条狭窄河道，也就是新洛德河逃离。那里通常无人过往，但并非不可通行。"

"我当然知道，"布雷登有些不耐烦地说，"圣西缅学院那个叫莫特的老师，有没有跟你说过他周五下午曾出现在河边？"

"没有，除了那几个女生，教师们没有提供过相关信息。"韦恩回答。

"他走过公园和那座桥的时间似乎要比贝叶斯早得多。他的证词也许有助于精确贝叶斯的时间，但他并没有主动找我们，可能因为没有看到丹宁小姐吧。我会去找他。那两个疯子那儿有什么线索吗？"

"园丁一瘸一拐地往家的方向走了，老隆德自己则快步朝自己的住处走去，我的人跟在后面。这老家伙没你想得那么衰弱。"

第十二章

吉姆·利杰特

周日一早，韦恩督察就到布雷登下榻的老式商务酒店去拜访他。因为是安息日，咖啡馆里空荡荡的，一派宁静。远处的一个角落，布雷登坐在壁炉旁的一个座位上，一张巨幅牛津地图在他面前展开，地图边缘处摆着一排咖啡器具。

"是有客人来一起吃早餐吗，长官？"韦恩数起了咖啡壶。

"早上好啊，伙计。聊之前先数数杯子吧，"布雷登建议说，"我喝咖啡喜欢多多益善。最边上那壶还是热的，需要我再叫一杯吗？"

韦恩摇了摇头。"长官，贝叶斯的故事你信几分？"他突然问道。

"贝叶斯没什么问题，也没有故意编造，不过可惜，在告诉我们之前，他先跟朋友说了。他看到一艘独木舟去往上游又返回下游，其他证据表明它就是死者的独木舟，其实还缺乏确凿证据。我倾向于他说的返程时间——刚过3点。"

"所以你不认可医生说的死亡时间以及手表上的时间？"

"还记得吗，那两个医生什么都不敢保证。如果告诉他们证据表明死者在3点时还活着，我觉得他们也不会有异议。手表上的时间就更难证明了。很难想象一个女商人会故意将时间调慢半小时。而且如果手表这条线索和其他证据都相悖的话，就不必管它了。划桨的动作太大可能导致大量的水溅到人的胳膊上，从而导致手表进水损坏也说不定。"

"可如果有这种可能，她根本就不会戴手表了，"韦恩指出，"她可不是经验全无的新手。"

"对。不过可能她平时都会摘掉，这次却忘记了，因为那天的事很重要，她过于焦虑以至忽略了这一步。还有一个可能，凶手故意调整了时间。比如，一个在2:37有不在场证明，在3:37却没有的人。"

"而且还指望2:37之后没人见过她？"韦恩思索着这个问题，"我明白了。还有，长官，贝叶斯说她下来的时候，船尾有一条毯子，下面盖着东西，你怎么看？"

"对，毯子，既然你提起这个。至于下面盖着什么，你不觉得就是另一支船桨吗？我们都知道它就放在船尾，有一端架在横梁上。用毯子盖着，确实挺像贝叶斯描述的'野餐篮'。"

"可为什么要带毯子呢？"

"这或许就是解开谜底的关键所在。你找到毯子了吗？"

"找到了，在离隆德那间破旧船屋前的台阶几步远的地方，如果那个人站在台阶旁——或者挤进灌木丛和墙之间——再猛地扔出去，就可能会挂在树枝上。目的显然是丢弃它。从台阶上或者小路上是看不到的，所以我的人才没有找到，要不是那个女孩儿误打误撞爬了进去，毯子或许会在里面藏很多年。"

"没有办法确认主人吗？"

"那是条很普通的毯子，上面没有名字。我们搜了渡船屋，正如那个女孩所说，后面那个狭长房间里的壁炉上，有两块长木板上的花纹被凿掉了。即使她没说，我们本来也准备去看的，现在只剩一片坑坑洼洼了。很明显那个老家伙是想隐藏上面雕刻的纹饰，而非随意破坏，因为他是沿着周边花纹的边缘凿的，深思熟虑，刀痕整齐。"

"屋子里没有其他有疑点的东西了吗？"

"没有了。非要说的话，就是配合凿子用的锤子，拿来敲女人的头似乎正合适，但实物太小了，与伤痕不匹配。"

布雷登仔细看了几分钟地图。

"在我看来，有两个疑点，"他说，"首先，为什么丹宁小姐要独自一人划独木舟去上游？说明她以前也这么干过，这一次——可能其他时候也是——她事先计划好再付诸实践。"他话音一顿。

"没错，长官。"韦恩赞同道，"所有迹象都表明她并非冲动型的女性，有制订计划的习惯。"

"她似乎有什么目的，大概是为了私下见谁——除非你能想到其他让人去彻韦尔河一日游的理由？她经过了公园的人行桥，后又返回。看来是按约定和一号神秘人见面了。此时另一个人出现了——二号神秘人。他可能打算杀她，又或者只是想跟她在学院以外的地方谈谈。这种情况下，我们只能假设这场谈话会导致争吵甚至肢体冲突。二号神秘人可能知道她有约会，或者是在她出发后听说了，在她回来的路上故意拦住她。又或者只是碰巧在河边看到。他可能与神秘人一号认识，也可能对其一无所知。不管是哪种情形，一号神秘人都会保持低调，因为其一，秘密约会本身就疑点重重；其二，在二号神秘人被找到之前，他的嫌疑最大。"

韦恩想了一会儿他说的话："如果在审讯中得知她在

返程经过公园人行桥时人还完好无损，你觉得一号神秘人会主动现身吗？"

"有可能。只要一号神秘人不知道二号神秘人的意图，然后我们再加以试探。其实我觉得媒体应该已经得知贝叶斯的故事了，如果还没有，为了诱使一号神秘人现身，让他们别写得那么严重。"

"我明白了，长官。你也认为她是在公园人行桥与泊瑟芬岛之间，也就是隆德的船屋附近，被人敲击头部然后淹死的？"

"那是最明显的地方，或许太过明显了。我要你们进一步搜索那片区域的河岸，桥两头的每一寸土地都不要放过。独木舟应该是被拉至岸边的。如果那个女人是从独木舟里掉入河中，凶手肯定会将她拖上岸。除非船搁浅了或者停在岸边，否则是不可能在河里把尸体弄回船上的。岸上必定会有线索。"

"你还记得那个痕迹吧，长官，在挨着渡船屋花园的河岸，旧船屋的上方发现的那个？"韦恩问，"独木舟就是在那儿被推进主河道，然后顺流而下。"

"记得，那个陡峭泥泞的河岸，并非是七八十岁的老头——或者说任何人——轻易就能把一个中等身材的女人拖入独木舟的地方。一定发生了什么。那像一只脚滑下河岸的痕迹，但不会是运送尸体的地方。而且怎么可能从台阶上抬上来。你也知道那上面都是些青苔淤泥，台阶本身也老化了，摇摇晃晃的。它们根本没有什么承受力，更不用说一个人拖着尸体的重量了。当然，也不是完全没办法，只要他足够小心，直接上岸而不是踩在台阶上——基于现在的水位线，这是可行的。"

"你不会认为是那些女孩制造的痕迹吧，长官？"韦恩问道，"你还记得我们在沃森小姐去调查之前就发现它了，而且我很确定之前她们没有到过那里——除非她们是在发现尸体之前去的。"

"不会的，我已经跟她们约法三章了。"布雷登告诉他，"如果你能找出痕迹的来源，很好。我只是说我不赞同那是拖尸体上岸的地方，而我希望你能找到那个地方，如果可以的话。"

"我向你保证，我们已经彻底搜查过了。"韦恩喃喃地说，"不过既然你这么说，我会让他们再搜一遍。因为今天周日，大家都在公园里、河岸边和田野上休闲，还有那些姑娘在中间捣乱，希望能找到线索吧。"

"我已经给她们交代了别的任务，应该能转移她们的注意力了。"布雷登告诉他。

"看来老隆德和他的园丁都睡得不错。"韦恩继续道，"我宁愿他们安全地待在监狱里。你不觉得……"

"我不觉得。他们逃不了那么快，你可以监视他们，不过我觉得没什么用。"

"那你觉得应该怎么做呢，长官？"韦恩有些恼怒地问。

"我还没想好。我打算去公园的那座桥上找找线索。我要你把重点放在桥下的河岸上，还要你查明周五下午伊齐基尔·隆德究竟在哪儿。别总想着证明他就在渡船屋，看看你能不能证明他在别的地方。再去见见那个叫利杰特的农夫。问出他在河边的田地里做什么，在哪儿待了多久，是否真的和贝叶斯交谈过。了解这些，我们就知道贝叶斯能否指证他了。"

"好的，长官，交给我吧。所以也要找在2:37有不在场证明，而在3:37没有的人？"

"没错，记住，这有可能与本案无关。你遇到任何事都不要放过，也不要打草惊蛇。我应该会在午饭时分回来。"

"我把车开过来了，长官，如果你需要可以用。"他们走出酒店，韦恩说。

"不用了，谢谢，我宁愿走路，有助于整理思路。而且我想在公园里走一走。车你开走吧，让下面的人去搜索河岸，交代完你就去马斯顿。"

督察小心翼翼地将他那肥胖的身躯塞进停在玉米市场街人行道旁的一辆黑色名爵小汽车里，往警察局去了。到了之后他迅速下达指令，不一会儿，这辆小车就从蓝野猪街开向圣阿尔戴特街，接着拐进高街，喷着尾气穿过莫德林桥，最后朝马斯顿驶去。

快到村口时，韦恩把车开进左边一条通往霍尔农场的小巷。前一天他来过这里，结果发现詹姆斯·利杰特去了艾尔斯伯里市场。他把车停在小巷路边，推开花园大门，朝那幢用红砖砌成的普通四方楼走去。

一个胖乎乎的小女孩开了门。

"请问利杰特先生在吗？"韦恩冲孩子笑着问道。

她噘着嘴看他，两条腿缠在一起。"我爸爸还没起床。"她跟他说。

"告诉他韦恩督察特别想见他，看他多久能收拾好。说我半个小时后就回来。"

小女孩欲言又止。"今天我爸爸要到吃晚饭的时候才会起来。"她终于说出。

"乖孩子，现在去告诉他我说的话，"韦恩鼓励般地催促她，"否则就叫你妈妈过来。"

小女孩转过身去，慢慢爬上走廊里的陡峭楼梯。过道尽头的厨房门开着，韦恩能听到里面有人在走动和挪动盘子时哗啦哗啦的响声。也许是利杰特太太，他想，可能她已经偷听到了，却不打算帮忙。无礼的利杰特一家！

那个小女孩又下楼了，比上楼时的速度要快得多。她在门口正对着韦恩，挑衅般地抬头看着他。

"我爸爸很生气。"她说。

"如果他不马上见我，我会更生气的，"韦恩告诉她，"他说什么时候会下来了吗？"

小女孩摇摇头。

"告诉他我半个小时后回来，如果他还没起来，我就直接去房里找他。请你马上告诉他。"

小女孩没有回答，但等韦恩一转身便用力把门关上了。他上了车，吭哧吭哧地沿着泥泞的乡间小路返回，一直开到新马斯顿，那里建了一排新房子，就在渡船屋到泊瑟芬学院的转角处。到了这里，他拐进一条小路，在一排不起眼的黄色砖房外停了下来。

"隆德先生在吗？"一个又胖又邋遢的女人应声开门，韦恩督察问她。他的到来似乎让她很忧虑。

"他在房间里看报纸呢，督察。已经来过三四个警察了。我希望你们不要再来打扰我了。他昨天出门了，一直到很晚才回来，没人知道几点，敲门声把我们全都吵醒了，但他今早安分了很多，你们不该将这位可怜的老先生惹得心烦意乱。我们什么都不知道，事实就是如此！"她没打算让他进来，而是笔直地站在狭窄的门口，带着不安的笑容望着他。

"我想亲自确认，马利太太。"韦恩回答说，"重点是隆德先生自己不愿合作。我想问他周五那天人在哪儿以及早上几点出门的，我记得你跟我说过直到下午5点他才回来？如果他自己承认，我应该就不会再打扰你或者他了。"

"真的吗？"女人怀疑地问。

"我没法保证。"韦恩谨慎地说，"但如果隆德先生自己内心坦荡，我不明白他为什么不能回答我的问题。有一件事是肯定的，在我弄清真相之前，我会继续打扰大家。"

她思考片刻，"我们不是很确定他的吃饭时间。他不是头一回错过晚餐了。这样吧，我先尽力想办法弄清楚，你晚点再过来，我或许就可以告诉你了。"

韦恩犹豫了，这不太合规矩。"看来我得把她招进警队，"他心里想。但从以往经验来看，他知道很难从老隆德那里获取信息，或许女房东知道如何说服他。

"好吧。"他同意了，"我晚点再过来。"

他将几个紧盯着他车的小男孩驱散，他们的神情仿佛一群看到了甜美果酱的黄蜂，又在倒车和转弯时让他们佩服地睁大了眼睛，然后才朝霍尔农场飞驰而去。

正如韦恩所料，吉姆·利杰特刮了胡子穿好衣服来到了楼下，显然是在等他的车出现，因为几乎在他放下门环的同时，利杰特就开了门。韦恩不曾见过他，但常听人说他性格固执，脾气暴躁，特别是在见过他那无礼的妻儿后，就在心里描绘了一个五大三粗、难以沟通的形象。结果看到对方个子高大、体格健壮，衣着和动作都很利落，脸上的胡子刮得干干净净，一头灰白的短发令他显得精神抖擞，他着实惊讶不小。

"早上好，督察。"利杰特快速笑了一下说，"请进，我敢说你还没见过早上10点还在睡懒觉的农夫吧？"

"确实比较少见。"韦恩认同道，跟随男人走进冷冰冰的客厅，炉火才刚生起来。房间里摆放着现代风格的扶手椅，上面是绿色天鹅绒的软垫，华丽的长毛绒地毯；还有一台看起来价值不菲的留声机，显示出主人家条件优渥。韦恩直接走到背对着窗户的那把椅子上坐下，于是利杰特不得不面朝光线而坐。

"我正在调查丹宁小姐的死因，我们认为她于周五下午淹死在彻韦尔河里。"韦恩解释道，仔细观察着利杰特的表情。尽管脸上挂着笑容，但并非发自内心，尖鼻子和锐利的眼神让他看起来很狡猾。此时此刻利杰特的表情只能说明他处于警惕状态。

"你最好再多说一点，督察。"他说，"除了已经登报的内容，其他的我知之甚少。你知道的，我昨天一整天都在艾尔斯伯里市场，很晚才回来。有些人认为农夫除了整天在地里闲逛外无事可做，但别忘了他也有必须要处理的事。"

"看来你的农场经营得不错。"韦恩说。

"不算坏。只要有点脑子，就不会做得太差。"利杰特回复道。

"我要说的是，丹宁小姐在周五下午划独木舟去了上游，而确定她行动的准确时间对我们来说非常重要。据我所知，你当时就在河边的田地里，很可能看到了她，所以你提供的信息比较关键。你应该认识丹宁小姐吧？"

"岛上学院的那个？"利杰特多此一举地问，"我第一次见她就知道她是哪种人了。你也了解过，我曾经想和她做买卖，但她一心想弄到隆德先生的破烂房子，不愿意正眼瞧我的地。"

"我猜你一定很失望吧？"韦恩问道。

利杰特咧嘴一笑："别人可能会做出比她更明智的选择。这种事不会困扰我，这边的地不愁没有买家。"

"回到周五下午，我想你看到了丹宁小姐划着独木舟经过？"韦恩问。

"你想得太多了。"利杰特说，又是一丝转瞬即逝的笑容，"我的确在那个地方，但我连她的影子都没看到。"

"当时是几点？"

利杰特想了想："吃过中饭，我在这边看我的干草场和牛棚，直到两点左右，我的伙计们可以做证。然后我去了河边，沿河岸一路往下走，走到了隆德先生的地方。"

"起点是哪里？"韦恩问道。

"瑞亚岛的对面。"

"圣西缅学院再往上一点是吗？"

"没错，我大概是2:15到那儿的，但不知道准确时间。我不知道这对你有什么帮助，督察。"利杰特愉快地说，"因为我并没有看见那位女士。"

"我不知道你为什么没看到她。"韦恩说，"你记不记得往下游走的时候，遇见了一个遛狗的男孩儿？"

"白色㹴犬？我记得很清楚，如果他还记得我，我也不会太惊讶。"利杰特似乎被逗乐了。

"他是在走下公园人行桥的时候碰到你的？"韦恩问道。

"你说得不对，我们是在田地这边碰到的，而不是你说的方向，他带着那只该死的㹴犬在我的牛群里横冲直撞。不管这些年轻的大学生在学校里都学些什么，他们显然不太懂常识。我们说了几句话，他就走到我前面去了，就在岸边。"

"然后你跟上去了？"

"我沿着同一条路继续走，并没有故意跟着他。"利杰特纠正道。

"你知道吗？"韦恩坦白地告诉他，"这个叫贝叶斯的年轻人在走过人行桥的时候，看到了丹宁小姐划着独木舟返回下游。"

"那时候并没有看到他，我不知道。"利杰特高兴地说，"但看来你有证据证明她出现在那儿过，那何必还要问我看没看到她呢？"

"我想知道准确时间，贝叶斯先生不是很确定。"韦恩耐心地解释道，"我还想知道，贝叶斯先生在桥上的时候，你肯定就在桥上方不远的河岸上，他都看到了，你怎么会看不见呢？"

利杰特突然笑了一声，"我没法告诉你原因，督察。你说她从我旁边经过，可那天下午说不定河上相继有一百艘独木舟下来，我是去看我的地，又不是看划舟比赛。只要那些人老老实实地待在独木舟上，没日没夜地划也不关我事。但如果他们上岸到了我的地盘，那就最好小心点。我要说的就这么多！"

"你的意思是，"韦恩步步紧逼，"你在河边慢慢走着的时候，不知道河上经过了一艘还是几艘独木舟，或是根本没有船经过，对吗？"

"没错，就是这个意思，"利杰特反驳道，"我已经习惯河上船来船往了，所以从不在意。"

"但只要有一个人上来你就会马上注意到了？你能告诉我丹宁小姐在周五下午几点以及在哪儿上岸的吗？"韦恩迅速把问题抛给他，仔细观察对方的表情，等待答案。

利杰特又笑了，露出一口白牙，但同时迅速皱了一下眉头，伴随着一种好像是诧异的新表情，或者只是单纯的惊讶——在他的眼里一闪而过，仿佛一张脸在一间暗室的窗前闪现。"你说她上岸了？"他停顿了一会儿问道。

"很明显她上过岸。"韦恩指出，"因为她划独木舟经过桥下时还活着，到泊瑟芬学院的船屋时却已经死了，尸体就躺在独木舟里的横梁下。"

"我承认这挺魔幻的。"利杰特笑着说。

"你确定没有别的要跟我说了？"韦恩坚持不懈地问，"那天下午你沿着河边走了多远？"

"走到了我那片地的最南边。"

"也就是说渡船屋北边那面墙前面的小路？"

"没错。我拐到小路上，然后穿过田地的人行小径回家了。"利杰特低头看着膝盖，挠了挠头。随后他抬头望向韦恩，有点心神不宁地说，"听我说，督察，我永远站在法律这边，做这种事是不值得的。如果我知道任何内情，我一定会告诉你，但相信我，你查错人了。"

"那个，"韦恩提议说，"你能不能和我再走一遍你周五走过的路线？然后把你和贝叶斯先生相遇的准确地点指给我看。这有助于确定时间。"

利杰特瞥了一眼被雨水洗过的窗户。"这种天气也要去？"他问。

"这种时候就别管天气了，"韦恩英勇地说，"至少不会有游客打扰。"

"你叫他们游客？"利杰特站起身来，厉声问道，"在我的地里走来走去，破坏我的树篱的那些人？我也去观赏下他们！走！"

韦恩从车里拿了一件雨衣，羡慕地看了看农夫遮在过时却实用的橡皮布雨衣下的皮质绑腿。他们穿过农家院子进入田地，入口附近被牛群踩成了人不了眼的烂泥。韦恩怀疑利杰特故意选了一条不同的路线进入田地，于是坚持他们应该重走周五下午的那条路，后者没法再推辞。在韦恩的建议下，利杰特在前面带路，按照自己的步调走着。从出发开始，到冒着雨在河边行走，韦恩一直有留意时间。10分钟后，他们到了瑞亚岛对面的河岸，离圣西缅学院大概几百米的距离。他们在这里掉头，顺着河边慢慢往下走，利杰特用手杖戳刺着河岸，查看柳树和灌木丛，不时地用脚步测量距离。两人甚少开口。韦恩时不时地在利杰特的脸上捕捉到轻蔑的笑容，猜测这位农夫当下的心情应是不错。然而这并没能感染督察，减轻他的不适，他在泥泞中踩着麻木的双脚，凝视被雨水冲刷过后沉闷的田野。他们偶尔离开河岸，经过一个栅栏门，从一块田地走到另一块田地。

"你瞧，督察，"利杰特在经过其中一扇栅栏门时说，"很可能是我离开岸边经过这些出入口时，划独木舟的人偷偷溜上来了。有扇门的铰链掉了，我花了点时间重装。"

"哪扇门？？"韦恩立刻问道。

"下一个口子。昨天修好的。"

他们走过了圣西缅学院和玛格丽特夫人学院，现在正对着公园。利杰特停了下来，"大概就在这儿，那个牵着猂犬的小伙子从那边的门出来，穿过这片地。"

韦恩看了下时间。从出发走到河边花了10分钟，他们又沿着河岸走了25分钟。

"周五你从农场动身的时候已经两点多了吗？"

"大概2:05。"利杰特告诉他。

"贝叶斯站在这儿跟你说了多久的话？"

"我们没聊很久，"利杰特愉快地说，"我跟他说如果管不好自己的狗，最好赶紧离开我的地方。"

"没说到铁丝网的事吗？"韦恩问。

"既然你这么说，那应该有吧。"利杰特承认道，"我不否认我想过要装铁丝网，以防夏天那些该死的划舟人来这搞破坏。这里可不存在使用权。这条路一直向前延伸至'内陆'，然后又回到河岸。如果他们这么爱划独木舟，有本事就永远别下来，不要到别人的私人土地上乱来。"

"理解，"韦恩说，"要对贝叶斯说完这些话，你应该花了几分钟吧？"

"对。"利杰特点头。

"你在这里等一会儿可以吗？我去桥那边。"韦恩说。

那里还有一圈树篱和一条狭窄水道——不如说是一道泥泞的沟渠，只能绕道走台阶。韦恩和农夫分开，离开河岸到达桥中心只用了4分钟。他算了下时间。

"假设他2:30离开农场，花10分钟走到河边，再用25分钟沿河岸往下走，聊了3分钟后又花了4分钟到达桥上。那贝叶斯站在这儿的时间约为2:47。就算利杰特走下来多花了点时间，贝叶斯也应该还是在3点前过了桥。那利杰特给的时间就错了，不管有意或无意。其实，"韦恩沮丧地自言自语，"他好像总是搞错。"

他从桥上往下游望去，看见几个戴着头盔的人，身上的橡皮布雨衣湿淋淋的，头低垂着在河边缓慢移动。看到属下正在执行任务，而且处境好像比他还狼狈，韦恩督察开心了一点。他折返去找利杰特，在穿过栅栏门时条件反射般地想到：丹宁小姐划独木舟经过时，利杰特可能正好在出入口，从一块地去到下一块地。

韦恩想着树篱旁满是淤泥的沟渠。里面是没办法划舟的，可如果是丹宁小姐自己把船停到岸边然后上岸了呢？只要再拉一小段距离就能把独木舟拽进沟渠，而且会稳稳地停在那儿，随时准备迎接一具尸体。但据贝叶斯说，这道沟渠在人行桥的上方，而她肯定过了那座桥。当然了，如果利杰特等贝叶斯离开视线就马上跑下河岸，很可能赶得上丹宁小姐，再找个借口喊她上岸。争吵中，他一激动便敲了她脑袋，让她掉进河里，然后再沿着河岸把独木舟拉进沟渠里，或者划回上游。但是怎么处理尸体呢？不行，这样看似很有可能，却不太符合实际。

他回到利杰特身边。

"我想你大概不记得周五的这个时候是几点钟吧？"他问，"你应该听到了西姆塔的钟声。"

"肯定听到了，但我整天都在听，所以没有特别注意过。"

"你不记得见到贝叶斯的时候是3点前还是3点后了？根据今天的情况，应该是2:45之后。"

"可以这么说，很接近了。"利杰特含糊其辞道。

"现在我们继续你那天下午的路程，"韦恩跟他说，"从这里开始你走得更快了对吧？"

"后面的事你比我更清楚，"利杰特说，"桥上桥下看到的东西都是一样的，既然你这么了解，不如你来带路？"

"不用管我，"韦恩生气道，"你周五怎么走的现在就怎么走。"

他们吃力地朝着沟渠走去，跨过沟渠上了一座铺了草皮的桥。在那里他们看到一群警察在河边步履沉重地走来走去。

"怎么回事？"利杰特厉声问道，"这是个陷阱吗？那些警察在那里干什么？"

"收集证据，"韦恩平静地说，"我跟你说过，丹宁小姐肯定上过岸，我想知道是哪里。"

"如果她在这里上岸，"利杰特怒气冲冲地嚷道，"那就是私闯他人领地，她根本没有这个权利。我对她一无所知，也没有看到她，你们不可能在我的地方找到任何有关她的线索，除非你们故意放在这儿。我听过一些传闻，如果警察找不到嫌犯，为了免于责难，需要拿出点什么证明自己尽力了，你们就会故意编造，不管那个人是否真的有罪！"先前利杰特回答韦恩的问题时总噙着一丝笑，现在却从顺从转变成愤怒，因为被迫卷入这样的麻烦而更加恼火。

"你在胡说八道，你自己心里清楚，"韦恩严肃地说，"这里到底有没有证据，如果什么都没有，你没有理由反对我们调查。来吧，继续走你周五走过的路。"不过他意识到现在不必像之前那样，依赖利杰特通过情景再现来修正时间了。

"这根本就是无用功！"利杰特说，"我可以告诉你，我从这里沿着河岸一直走到小路上，就跟我之前做的那样，你一眼就能看到头。我没有看见那个女人。如果按你说的，她经过了我身旁，以她划桨的速度，肯定直接超过我了，等我从桥那儿走到这里，她早就不见人影了。"

"所以你知道她划桨很快？"韦恩快速发问。

"哦，我看报纸上写的，"利杰特顿了一下回答道，"真有意思，其他的我都没记住，只记得丹宁小姐怎么划桨的了。"

"大家都在聊这事儿，如果不是报纸上看来的，那就是听别人说的。"

走到离他们最近的一队步履缓慢、缩着身子的警察旁边，韦恩看到队长也在，急忙跑去跟他说话。利杰特不紧不慢地走着，超过他们了也没有停下。

"很好，"韦恩给他下指示，"到了桥那边不要停，一直走到那道沟渠，仔细查看。看完你就可以收工了，记得马上向我报告。"

韦恩赶上农夫："我需要你跟我一起去警局，就你周五下午的行程做一份笔录。"

"如果你觉得我能告诉你更多，那你就大错特错了。为了来这儿演戏已经浪费我半个上午的时间了。"

"你女儿告诉我你准备一直睡到晚上，所以我应该没有耽误你的要紧事。"韦恩提醒他道。

利杰特冷笑一声，没有回答。

"让你多想想，你应该会记起来更多。"韦恩继续道，"但就算你只能告诉我们这么多，这些信息也可能很重要，所以我需要准确的书面记录。我们先回你家去，我的车还在那儿。最近的路线就是你周五走的那个，沿着河岸走到小路上，再从人行小径返回对吗？"

他们按照路线走着，不再交谈，回到了蓝野猪街。到了新马斯顿，韦恩在隆德的住处停了下来。

他敲门的时候，一个男孩从房子后面跑了出来，递给他一张折叠的方格纸，是从练习本上撕下来的，上面写着："致督察"。

"妈妈出门了，留了这个给你，"孩子喘着气说，又飞快跑到房子后面去了。

韦恩将纸展开：

"亲爱的督察，周五下午隆德先生去了免费图书阅览室，他说那里的工作人员认识他。

艾莉丝·马利留。"

到了警察局，他把利杰特带到自己的办公室，留他独自在那儿待了一会儿，自己去给另一个警察交代任务，先是让他去找贝叶斯，要是能找到就马上把他带来局里，然后去查明周五下午在免费图书阅览室的值班人员，问他是否有看到老隆德出现过。

第十三章

布雷登到访圣西缅

周日早晨，还没有到做礼拜的时间，布雷登就溜达出来了，玉米市场街和宽街的行人都还寥寥无几。他从南公园街尽头的大门进入公园，然后右转，走在河岸旁的小路上。像欧文·维拉威一样，他也去到人行桥的最高点，眺望彻韦尔河的上下游。此时已经有几个好奇的牛津市民倚靠在栏杆上盯着河岸，仿佛希望能看到场景再现，他们只是隐约知道事故发生在周五，接近彻韦尔河上游的地方。韦恩的搜索小分队还没到。

冷风呼呼地刮着，那些漫无目的的闲人哆哆嗦嗦，难受极了。几颗豆大的雨点落了下来，他立起雨衣领子，快步向圣西缅学院走去。10分钟后他到了大门口的屋檐下，问守门人莫特先生在不在。

"你周五晚上也在这里值班吗？"布雷登问，那人领着他绕到方庭左侧，贴着墙走，头上有遮蔽物，能挡一点雨。

"是的，长官。"那人回答说。

他们走到一个拱形走廊，布雷登停下来，"能告诉我那天晚上9点之后，都有谁进来吗？只要有人9点后才回来，你就要给他们开门对吗？"

"是的，我想想。皮特斯先生和安德森先生一起回来的，刚过9点的时候。然后是康尼斯顿先生，我记得很清楚，因为他刚刚好在12点赶回来了。难得看到他这么准时。"

"还有其他人吗？"布雷登随意问道。

守门人又说了几个名字，"没什么事吧长官？我听说事故发生在下午。"

"没错。你也知道，这种时候，哪怕与案件只有微乎其微的联系，我们也必须将他们的行踪挨个调查清楚。你不要跟别人说我问过你了，会引起流言蜚语，大家不需要知道。"

"我明白，长官。很多事我们都不提为好。现在只要你径直穿过花园，从墙那儿的门进去，就能看到那间房子了。莫特先生今早没出门，不是这条路，是主路旁的一条小路，不过他很少走那儿。"

布雷登耸肩弓身，尽量不让雨水溅到衣服里，一条宽阔的道路穿过精心护理过的花园，他推开墙上的门，发现自己进入了另一处花园，一座藤架一直延伸至一栋造型独特的小房子门口。

开门的是位中年妇女，房子里很舒服，尽头有几扇窗户，向外望去便是正接受雨水洗礼的花园。墙边几乎摆满了书架，家具又旧又破。布雷登走到一张挨着窗户的桌子前，低头凝视着右上角摆的一张女孩的照片。根据主角的穿衣风格，他判断这是"一战"前的时期。照片摄于户外，女孩有一头漂亮的金发，微风吹起一缕到脸上。她身材苗条，长相甜美，脸上除了一双大大的眼睛便再无其他特别之处了。布雷登聚精会神地研究着这张照片，如果有人问他为什么，他会说，一个男人不会无缘无故把一张既不是他妻子又不是他女儿的照片在桌上放20年。

丹尼斯·莫特进屋的时候，来客正着迷地欣赏花园。

"这真是一间宜居的乡间住宅，"他转身问好，手里拿着一张提问笔记，"大清早就来打扰真是不好意思。我叫布雷登，苏格兰场的警探。希望你能协助我们。"

丹尼斯·莫特似乎有所顾虑。他的身材瘦长结实，比布雷登矮一点，显然刚过40岁，但秃了顶，他皮肤白皙，瞳孔是灰色的，眉宇间刻着深深的皱纹。

"请坐，我不知道……"他犹豫地说。

"是关于那起溺亡事故——遇害者是泊瑟芬学院的财

务主管——你应该看过报纸了吧？"

"对，丹宁小姐。但是为什么来找我？"

"因为现在很难确定她那天下午的行踪和死亡时间。你应该不知道吧？她的尸体在下午4点被泊瑟芬学院的学生发现，就躺在她自己的独木舟上。其中一个叫沃森的学生告诉我那时候她刚上完你的课。所以我觉得你可能是在周五下午的3点前从这里走到泊瑟芬学院的。那个河段当时应该没几个人，任何在那段时间出现在附近的人提供的信息都可能对我们有所帮助。"

布雷登说完满怀期待地停下。丹尼斯·莫特坐在那里凝视着炉火，显然心不在焉。不过突然意识到该自己说话了，他将手抬至头顶摸了摸头发。

"抱歉，刚才在想事。是的，我一般步行经过公园去泊瑟芬学院，不是全程沿着河边走，而是过了人行桥之后。沃森小姐，对，我3点给她上课，3点或4点。你说沃森小姐是发现尸体的目击者之一？真可怕！印象里我不记得有看到河上有人——你是想问这个吧？"

"你过桥的时候是几点，莫特先生？"

"我对时间一点都不敏感，大家知道我挺不守时的，沃森小姐应该也跟你说了。但周五那天应该没有迟到，所以我猜过桥的时候应该是差5～10分钟到3点吧。"

"你没看到河上有船？你应该认识丹宁小姐吧？如果

你看到她在河上，能认出来吗？"

"是的，我认识她。我们认识很多年了。如果那天下午，我看到她——或者任何人——在河上，都会注意到的。"

"你在公园里或者那座桥上有遇见谁吗？"

"不记得了，公园里总会有人。"

"你不记得一个牵着猄犬的年轻人？"

丹尼斯·莫特很快扭头看了布雷登一眼："牵着猄犬的年轻人？那可不常见。我们学院有个人养了一只猄犬，很多次我都看到他在公园里遛狗。但我不记得那天下午有看到他。对不起，我走路的时候通常会专心想事情，很难注意到别的。"

"以这种令人讨厌的方式盘问你，该道歉的人是我，"布雷登回道，"还有一点，你走穿过渡船屋花园的那条人行小径了吗？就是使用权存在争议的那条路。"

"从这边去泊瑟芬学院的人一般都会走那里。我好像从没走过围绕在渡船屋尽头的那条路。"

"然后原路返回？"

"对，训练结束后我就直接回家了。"

"所以4点之后你再一次穿过渡船屋的花园？"

"听到4点的钟声后，我没有耽搁沃森小姐太久，不过她肯定比我更确定时间。"

"在回去的路上，有看到伊齐基尔·隆德或者他的老园丁吗？或者其他人？"

"我不记得有碰到谁。那时候已近黄昏，我当时还在想，空无一人的房子和花园有点阴森恐怖。"

"你没听到任何不寻常的声音吗？"

"没有。"

布雷登思考着："从那条路上能看到废弃的船屋和河道吗？"

"我觉得不行。你应该还记得，小路旁那一排紫杉紧紧挨在一起。花园也是朝河边倾斜的。可以想象船屋被遮掩了个严严实实，不过我划船从河上经过的时候倒是见过它。"

"莫特先生，非常感谢你回答我的问题，抱歉耽搁了你的工作。既然你认识丹宁小姐，那你应该也知道她的外甥女帕梅拉·埃克斯吧？"

"我知道，但很少见到她。你大概知道，她从不来牛津。"

"这正是另一个让我百思不得其解的地方。"布雷登说，"你知不知道丹宁小姐故意不让外甥女上牛津大学的个中原委？会是什么理由？"

"应该是她觉得帕梅拉去剑桥读书更好。她喜欢科学，而大家都认为剑桥在这门学问上更加出类拔萃，"莫特先生冷漠地回道，"你不会找到任何能证明帕梅拉与这件事有关的证据，为此打扰她真的没有必要。她现在受到的打击已经够大了。"

"我也是真心不愿打扰埃克斯小姐，"布雷登强调，"但问题是，丹宁小姐只剩她这一个近亲了，因此她是唯一可能了解丹宁小姐的私生活的人，或许能为本案提供一些线索。"

"在我的印象里，以丹宁小姐的性格来说，即便有秘密，也绝不会告诉任何人。"

"莫特先生，既然你说你认识丹宁小姐很多年，那她对她外甥女的出身有什么隐瞒吗？"

丹尼斯·莫特看着炉火，摇摇头："旧事重提有什么好处吗？帕梅拉是丹宁姐姐的女儿，在她出生后不久就去世了。我认识帕梅拉的母亲。"

"爸爸呢？埃克斯先生？"

"他已经死了。丹宁小姐不同意她姐姐嫁给他。但那男人早就死了，这跟现在发生的事有什么关系呢？帕梅拉甚至从未见过他，对他几乎一无所知。"

布雷登站起身，走到窗前："抱歉我表现得像个残忍冷漠的提问机器，但对线索的探寻通常会将人引入阴暗的旁道。从你的花园里能看到的那条河是彻韦尔河吗？"

"不是主河道，只是不知道最终流向哪里的死水。那里是我花园的边界。"

"那里有一间你的船屋？"

"对，存放着我的平底船，冬天我一般不会拿出来。"

"我猜丹宁小姐划独木舟的热情一年四季都很旺盛？"

"没错，人们经常在彻韦尔河上游看到她。她很喜欢新鲜空气和锻炼。"

"她总是走这个路线吗？有特定的目标？"

"可能是想避开那些滚轮吧，但返回下游还是不可避免的。"

"知道了。我得继续去别处打听了。"

他走到门口。

"布雷登督察！"丹尼斯·莫特突然叫住他。

布雷登转过身，面对着站在屋子中间的男人，后者身体轻微地左右晃动。

"布雷登督察！如果你们调查到最后，发现帕梅拉·埃克斯的身世会对破案有所帮助，想要更加详细地了解，请来找我。我认识帕梅拉的母亲，所以我对帕梅拉也格外关注，尽管我很少见到她。她自己肯定说不出什么所以然来。如果你现在有任何明确的问题，我会尽力回答。"

"谢谢，莫特先生，我记住了。"

布雷登回到方庭，雨虽然还没停，但已经小了很多，他像游客一样环顾着四周，专心致志地研究走廊的拱门以及通往大厅楼梯的大门上雕刻的花纹。他还注意到每一阶楼梯木板上都刻了名字，幸运的是他没走出几步就看到了马修·康尼斯顿的名字。

对于拜访康尼斯顿，他其实没有什么特定的目的。他的口袋里有一把折叠刀，是萨莉和妮娜在泊瑟芬学院发现的。指纹测试的结果如他所料，这把刀无法作为证据。上面所有指纹都被抹得无法辨认。如果康尼斯顿还没意识到刀丢了，布雷登不确定会不会把它拿出来。康尼斯顿还没有被列为丹宁小姐谋杀案的'嫌疑人'。布雷登只是在收集信息，最重要的是他想了解了解这位年轻人。财务主管死后，这个人显然对她的独木舟做过什么可疑的事情，而且没怎么掩盖自己的踪迹。怀着这种心情，布雷登爬上狭窄的石阶，来到了马修·康尼斯顿的房间。

虽然客厅两边都有窗户，但石质竖框间的空隙却不怎么透光，雨水滑过玻璃，更添一层朦胧。房间又低又暗，摆满了深色的沉重家具。布雷登看了一圈才辨认出主人就坐在又长又矮的扶手椅里，他背对着一扇窗户，双脚朝着壁炉。

布雷登介绍自己时，康尼斯顿并不感到惊讶，只是指了指他对面的一张扶手椅，疑惑地看着这位警探，脸上的表情有一丝嘲弄的意味。

"你把我的折叠刀带来了吗？"他问。

　　布雷登没有表现出惊讶，"带了。"他从口袋里把仍包在手帕里的刀掏了出来，递给他，"这把？"

　　"看来指纹保存得很好。"康尼斯顿的语气似乎很赞成这种保护措施，"没错，是我的。我想拿回来。这是我的老朋友，我不想失去它。实际上我还回去找过，所以才那么晚回来，你应该知道了。"

　　"所以你才把'妮比'留在水里？"

　　"没错，我没有时间管它了。我等到很晚才上岸，那样附近就不会有人了，我本来把时间掐得很准，但没有考虑到会返回取东西。我想这就是为什么最聪明的罪犯往往会被抓住。他们把时间算得太准，没有给意外状况留余地。不是吗？"

　　"我就认识一些人，在这方面聪明过头了，"布雷登表示同意，"我正在就丹宁小姐的死收集线索。你能告诉我，周五晚上你为什么要划独木舟去泊瑟芬的花园吗？

　　"难道不应该先提醒我，我所说的一切都会被记录下来并且有可能作为呈堂证供吗？"

　　"目前还不需要，"布雷登告诉他，"我现在不是来逮捕你的。我说了，我只是在收集线索。"

　　康尼斯顿点点头："估计是我没把流程了解清楚。自从我知道有人发现了这把刀，就一直等着你们来找我解释。这件事很奇怪，你可能会觉得难以置信。"

"我的接受能力很强的。"布雷登向他保证。

"泊瑟芬学院的德莱格·采尔纳克可以帮我做证，但她在这件事上太不理智了，高估了自己在其中起到的作用，如果你吓到她，我不知道她会说出些什么来，所以我希望你觉得没有找她的必要。"

"不知道你有没有见过她，"见布雷登不发一言，康尼斯顿一字一顿地继续道，"但我知道有个本地警察找过她了。她是黑山人，来自一个古老的家族，是在传奇和神话故事的浸染中长大的，因此，尽管表面上接受了高度文明，受过良好教育，但骨子里依然特别迷信。她因为一件私事和丹宁小姐大吵了一架，认为自己受到了严重的侮辱。她说在她的国家，比这更轻微的辱骂都会结下血海深仇。"

"她是什么时候遭到侮辱的？"

"周五早上。德莱格立刻想到了报复。她上午翘了一节课，因为太生气了根本听不进去。她在花园里发现了一个用来标记种树地点的木质标签，并在上面写下一个家族咒语。后来她向我解释说那不是最恶毒的诅咒。它不会杀死对方，只会让她的头发或牙齿脱落之类的。德莱格的第一个念头就是将它藏在丹宁小姐的房间里，可能是床垫下面。为了确保让它发挥作用，必须把它固定在受害者会接触到的物品上。德莱格在房间里转来转去，但有几个女仆进进出出，接着丹宁小姐也出现了，所以她走了，打算另想办法。她的心思自然而然地转移到了独木舟上。每个人都知道丹宁小姐喜欢独自去划独木舟，德莱格觉得这个行为特别难以理解。我不知道她是不是以为这就是诅咒在丹宁小姐身上起效的证据。"

"德莱格潜入那个花园，船屋里锁着那艘独木舟——就是后来发现尸体的那艘。那不能算是船屋，因为离河道还有一段距离。只是一个伸到河面上的铁皮屋顶罢了，船就停泊在下面。"

"德莱格设法用橡皮膏将刻有咒语的木牌牢牢地固定在独木舟上，就在船舷下方。一个小玩意儿，不太可能有人会注意到。固定好之后，她感觉好多了。我不知道她是不是真的以为咒语会有什么效果，但至少她觉得自己报复了。然而事后想一想，她记起来水——特别是活水——是有特殊魔力的，她不知道咒语会不会因此失效。于是周五吃过午饭后，她急忙去了图书馆，翻阅《金枝》寻求启发。她似乎没有找到任何有用的东西，但紧接着她看到丹宁小姐拿着船桨穿过了草坪，显然是划独木舟去的。"

"德莱格慌了。她开始怀疑，这个咒语是不是比她原先想的还要厉害。她突然想到，这里不是南斯拉夫，如果真出了意外，英国人可能会误解她的意图。"

"所以她的确盼着出事？"布雷登问。

"不，我不这么觉得。我不知道她在盼什么，不过她想象了各种可能。她怕水，独木舟在她心里是很危险的东西。总之，她把自己逼疯了，跑过来告诉我她做了些什么。"

"什么时候来的？"

"我知道会有人问这个，所以一直在回想，但不能确定。我当时正在写论文，她来的时候我才开了一点头。我想她是2:30到的。她应该不是一看到丹宁小姐出去就马上来了，而是坐在那儿想了一会儿。她有提到她在过河的时候没有看到丹宁小姐的影子。如果我推测得对，那就是2:20左右。"

"我想从泊瑟芬学院出发，穿过花园到这里，步行大约一刻钟就够了？"布雷登问道。

"差不多。我安慰德莱格，告诉她独木舟非常安全，丹宁小姐不会发生意外。我跟她说彻韦尔河的河水可能会中和诅咒，甚至还说黑山人的咒语在英国不一定会起作用。我试着解释那不算侮辱，总的来说就是为了让德莱格恢复理智。我反而有点担心自己，因为女学生不能在没有女教职工陪同的情况下进男生宿舍，但德莱格才不会让这种小事妨碍她。"

"我想你很了解采尔纳克小姐？"

"我们从小就认识了，我觉得自己有责任照顾她。她父亲让我照看她，她不太能适应学校生活，自然而然就会向我寻求建议，还有一点，我会说她的语言。"

"言归正传，她在我的劝说下冷静了一点，我提出带她去外面喝茶，但她坚持要回学院去。她一定是想确认丹宁小姐安然无恙地回去了。后来我就从她那儿听说丹宁小姐淹死了。那天晚饭前，德莱格打电话给我，用她自己的语言告诉我，几个学生发现了尸体，她自己也受到了质询。当时她的状态还不错，虽然没有人问她咒语的事，但她觉得他们在怀疑什么。她听说警察把独木舟从水里捞起来了。她认为他们还没有发现木牌，提都没提过，但他们白天检查的时候肯定能找到，而且会知道是她的杰作，因为写的是塞尔维亚文。所以那天晚上我必须去独木舟上把它拿下来。"

"当然了，我竭力想让她相信，就算被发现，只要把事情说清楚就行了，我也会帮她一起解释，但她不同意。她不敢相信，受到诅咒的对象不久后就溺亡了，警方还会觉得施咒者是完全无辜的。所以最后我答应了那天晚上划独木舟下去把木牌取走，如果它还在的话。我当时想，它被水冲走了也说不定。只要没有警察在船屋附近晃悠，就很安全。确定真的没人后，我开始找那块刻了咒语的木牌，还打开了手电筒。橡皮膏贴得太紧了，我不得不用小刀把它刮掉。你应该能找到刀痕。然后有人来了，显然是学生，我只好迅速逃走，刀掉在了地上。我刚才说了，我想回去拿来着，结果被她们捡走了。"

"万一警察真的在附近，你会百口莫辩，你难道没有想过，比起冒险拿回，让木牌留在船上，等有人发现，她就不得不做出解释了，这样不论于你还是于采尔纳克小姐来说都要安全得多吗？"

"我当时已经决定了，"康尼斯顿解释说，"但凡有一点警察巡逻的迹象，我就会这么做。但似乎并没有危险，而且从学院里应该看不到我手电筒的光。那些女生肯定是躲在花园里窥探。"

"这是我听过最奇特的故事之一了。"布雷登意味深长地说。

"我就是担心你会这么想。"康尼斯顿说。

"你知道采尔纳克小姐是什么时候离开你的房间回学院的吗？"布雷登问。

"我还是不确定，没想过要看时间。我知道贝叶斯的故事，他应该没有碰到德莱格。我想她是在他之后过的桥，她离开的时候应该是3:30。我不知道事故发生的时间和地点，但我很肯定，从德莱格跟我打电话的语气来看，她了解的全部信息都来自质询她的警察以及发现尸体的那几个女生。她不打算对丹宁小姐做任何事——任何物理性质的伤害。德莱格已经被自己的诅咒吓得够呛了，如果丹宁小姐安全归来，我敢肯定德莱格会把那个东西拿回来。"

"我想看看那块木牌，如果你拿回来了的话。"布雷登慢慢地说。

康尼斯顿似乎第一次惊慌失措："没有了，我已经把它烧掉了。"

"难道你没想过它能为你的故事提供证明吗？"

"我没想到这个。理智让我不相信任何诅咒和魔法，但内心的某处依然残留着迷信的因子，谁没有呢？这件事发生后，我更加讨厌迷信了，很想知道最后的真相。"

"很遗憾。康尼斯顿先生，非常感谢你告诉了我这么完整的故事。我不觉得有在审讯中提及它的必要，但我必须见见采尔纳克小姐。有个时间上的疑问她或许能帮我解决。我答应你提问的时候会很小心。"

"我不觉得你能从她那儿问到多少东西，"康尼斯顿说，"她在这件事上的思维方式跟英国人背道而驰。"

"那我得设法把它拉过来。还有，你应该不清楚丹宁小姐平时划独木舟的事情？这好像是她的习惯，我想她经常划舟到上游来。你划舟的时候有可能也碰到过她？"

"应该碰到过。"康尼斯顿十分不确定地回答，"但我不记得任何特定的场合或地点。最可能的解释不就是她喜欢这种锻炼方式吗？在这里并不少见。毕竟在河上也只有两条路可走，要么上、要么下。"

"没错。"布雷登赞同道，说完便离开了。他回到酒店，在房间里坐了一会儿，记了下笔记，画着明显毫无意义的图表。然后他给警察局打了个电话，发现韦恩在岗，于是散步到蓝野猪街。

韦恩报告了上午的进展："他们什么都没找到，长官。不过下这么大的雨，又人来人往的，岸边不是找线索的理想之地。我不会因为无法确定事发地点就说什么都没发生，但在我看来，可以肯定的是，如果真的发生了什么，我们只能通过别的方式来证明了。"

"我本来也没抱太大期望。"布雷登坦白地说，"我猜你对利杰特的印象不太好吧？"

"我还没对谁印象这么差过。"韦恩承认道，"首先，一个农夫怎么可能赖床。我不信他真的在睡觉，但他妻子肯定跟他说过我昨天打过电话，那么也许是想让我自己走，也许只是想让我多等一会儿。"

"你觉得他是会突然使用暴力的那种人吗？"布雷登问。

"我觉得是。"韦恩强调道，"本来我们在地里边走边聊，气氛不错——尽管时不时话里有话，冷嘲热讽——结果他看到我的人在岸边搜索时，突然勃然大怒。还有就是，他说独木舟经过的时候，他可能不在河边，但你应该记得，河道是笔直的，只要在岸边，就一定能看到来往的船只。所以他再次回到岸边时肯定看到了，而且跑着就能追上去。"

"你觉得丹宁小姐到岸上去跟他说话了是吗？"布雷登问，"可是她为什么要上岸？她可以直接在独木舟上跟他说话。"

"天知道，他可能耍了什么花招。或许假装想给她看另一块地。"韦恩猜测，"也可能是在她自己上岸后，他才看到她。但凡有人踏上他的土地，他必定会大怒。"

"他和贝叶斯认识吗？"

"认识，他毫不犹豫地承认了，只是看见对方并不怎么高兴罢了。我得说，利杰特的故事前后是一致的，只有一点除外：他说没有看到独木舟，但事实并非如此，还在无意中透露他知道她划桨的样子。"

"没有发现疑似凶器的东西？"布雷登问。

"没有。不过他拿了一根手杖，但看上去很轻。"

"如果利杰特真是我们要找的人，那也很难证明。老隆德那边呢？"

"他似乎是位读书爱好者，只要不用自己掏钱。免费图书阅览室的新闻编辑室里的助理跟他很熟，记得周五下午在那儿见过他，而且肯定他3:15才走。如果他走最近的路去渡船屋，也就是从法尔克斯坐巴士到圣吉尔斯——尽管他们说他从未坐过巴士——再经过羔羊与旗帜酒吧和南公园路，我敢说他要3:30才能到目的地。他仍然有机会作案，这样一来那块表就肯定被调过了。"

"但就算根据利杰特提供的线索，丹宁小姐在3点前经过桥下，或者像贝叶斯说的那样，在3点过几分时经过，她到渡船屋的时候也肯定不到3:30。"布雷登指出。

"的确。但是假设她一时兴起上了岸，又去看了一眼她非常想得到的土地，恰巧这时老隆德来了，发现了她……"

"然后又绕回了，他的身体状况根本不具备作案可能性。这样是行不通的，督察！我们必须换一种思路。我要仔细看看丹宁小姐的文件和学院账簿。"

"长官，我觉得这件案子有太多不可能了，但如果我们想破案，就必须证明其中一个是可能的。"韦恩十分不满，说完便吃午饭去了。

第十四章

帕梅拉，柏丝的外甥女

周日下午近一点，萨莉坐在麦特酒店休息室里一张精心挑选的椅子上，密切关注着每一位彬彬有礼的亲属和自信满满的大学生。萨莉好奇柏丝外甥女的长相，她是不是真的喜欢柏丝，有柏丝这样的姨妈是什么感觉。

无论如何，整件事对帕梅拉来说都是一场可怕的灾难，应该对她以礼相待。

"萨莉已经到了！"巴泽尔喊道，"还以为要到吃饭的时候才会出现呢！"

萨莉猛地从椅子里跳了起来，她先抬起双腿，再往下一使劲儿，利用杠杆原理把自己从矮椅子里解放出来。贝蒂穿着一件橡皮布雨衣，衣领立了起来，脖子上围了一条羊毛围巾，在她旁边站着一个身穿皮大衣，皮肤白皙、身材苗条的女孩。这姑娘很漂亮，即使鼻子被冻得通红也丝毫不影响她的美貌。萨莉羡慕地注意到，她属于就算有红鼻子也依旧迷人的那类人，跟难看完全不沾边。贝蒂介绍她们认识，帕梅拉害羞地冲萨莉笑了笑。

"对，这是你姐姐的大衣，她觉得我会冷，非要借给我。但希望你是真的不冷，彭莱顿夫人。"

"叫我贝蒂吧，拜托。一想到有这么个夫姓，我就受不了。我特别热！没有什么比这丑死人的橡皮布雨衣更能挡风的了。知道巴泽尔喜欢在冷风中狂奔，所以我穿了好几件保暖内衣"

"每次开车，贝蒂总会带上半打备用外套和几个热水袋，就怕乘客冷。"巴泽尔说，"有一次她把一个乘客包得太厚了，结果人家差点卡住进不了家门。而且因为温度过高，橡胶热水袋融化了，她的衣服也没能幸免，融化凝固，所以我们只好切割门框，再敲掉墙上的几块砖，才得以在昏暗的房子里把受害者身上的衣服给剪掉。"

"巴泽尔是写小说的，"萨莉解释道，"可惜他分不清现实和虚构，不过他出版的作品倒是不错。"

"你们要喝什么，"巴泽尔问，"我得走了，要和别人吃午饭，你们三个一起吃吧。"

帕梅拉承认她对鸡尾酒知之甚少，"我要一杯雪莉酒，谢谢。"出于紧张，她说话有点吞吞吐吐，但在巴泽尔眼里却有无限风情。

"你要开雷利去吗？"萨莉装作漫不经心地问。

"当然不了！我知道这地方在路边停车每小时得花4英镑，看着街道两旁那一排排的车，你们这儿一定有不少百万富翁。你打算去哪儿？"

"我只是想可能用得着，如果车没人开的话，"萨莉说，"但我还没有具体计划。"

"很好！"巴泽尔说。

"帕梅拉今天已经坐够车了吧。"贝蒂说。

"我很喜欢！"帕梅拉称。

"但是，巴泽尔，如果我们真的要用车的话，能把雷利给我们开吗？"萨莉不放弃地问，"我真的会特别小心，你不知道我开得有多好，因为有你在旁边我会浑身发抖，但你一不在，我就会稳如磐石。"

"行吧，"巴泽尔妥协了，"但开上单行道的时候一定要注意！"

他走了，其他人一起来到萨莉定好的私人包厢。贝蒂纵容了这样的挥霍，心想，如果不用经常出现在公共场合，这次牛津之行对帕梅拉来说也就没那么痛苦了。

午饭时，萨莉坐在帕梅拉对面，仔细打量了她一番，终于信服了。她很高——像巴泽尔说的——像个精灵。她的头发是浅金色的，这种颜色在孩子身上很常见，在大人身上却比较罕见，因此给人一种天真无邪的感觉。浓密的卷发垂在肩上，柔软的发丝在她的额前与耳旁飘动，眼睛是一汪蓝色，眼距很宽，鼻子倒是很普通，布满雀斑，微微上翘。

"你认识这里一位叫莫特的老师吗？他应该是圣西缅学院的。"帕梅拉问萨莉。

"认识，这学期他有给我上课，他是个老顽固，但人很好。你认识他？"萨莉有点意外，想起帕梅拉是不被允许和牛津有任何交集的。

"对。"帕梅拉急切地告诉她，"上学期他来剑桥看我。他说去那里办点事，可能和学术研究有关吧。他说是我父亲的朋友，所以才来找我。我觉得他一点都不固执呀。"她有点愤愤不平地说。

"当然我只是在上课的时候见过他。"萨莉解释说，"他挺好的，但是，不知道怎么说，自我封闭吧。好像他时刻警惕着，不愿意和任何人有过于私人的接触。并不是说研究中世纪史久了对他造成过多的影响，也不是因为他说过什么，他就是给我这种感觉。你认识他很久了吗？"

"那是我第一次见他，但我想更好地了解他。他就是那种人吧，刚认识的时候觉得他很好，在深入了解后，发现他更加好了。我还以为他会写信给我的——在这件事发生之后。这让我感到非常孤独，我觉得他是个可靠的人，能够帮到我。所以知道你们要来接我的时候，我很高兴。"

她转而对贝蒂说。

"他应该还没来得及写信，"贝蒂说，"周六下午报纸才登消息出来。"

"我明白。你觉得我应该给他打电话吗？他不知道我来了，但我有预感他会写信或者直接去看我。听起来可能很奇怪，但他来看我的时候说过，如果我遇到麻烦了要记得告诉他。要倾诉这种事有点难以启齿，但听到这个消息的时候我确实想到他了。"

萨莉试图转变她对莫特先生的看法，将他视为一个普通朋友或者一面之缘的陌生人。"那他怎么以前不去看你？"她问。

"这个……"帕梅拉似乎有点难为情，"可能他想等我长大，而且你知道的，玛拉姨妈不想让我认识他。"她的脸涨得通红，不再说了。

"何不今天下午去见他？"萨莉试着转移话题，"周日下午老师们基本都在家，今天是周日品茶节开幕，他们为了证明自己真的是人类，会去和一些好学生一起吃点心。"

"那不是会有很多人吗？"帕梅拉问。

"不如给他打电话？"贝蒂建议，"可以让萨莉打，告诉他你在这儿，正好他们认识。牛津茶话会太闹腾了，你肯定不想挤在人堆里。"

"我可以开雷利送你去，"萨莉表示同意，很高兴有这个天赐的机会让她开走巴泽尔的车，"未婚教师一般住在学院里，但莫特独自住在一座小房子里，叫'末端'，就在学院围墙外。我听说他是想照顾年迈的母亲才和她住在一起，他是她唯一的依靠和慰藉，所以后来他得到了那所房子。已婚教师可能对它没什么好感，因为太小了。他的母亲几年前去世了，有传言说他正在写一部伟大的学术巨著，笔记散落在房子里各个角落，没法搬家，怕把稿子弄丢了。末端非常偏僻，只有一条路能过去，他的花园旁有一条滞水，还有一间船屋。"她原本滔滔不绝地解释着，突然意识到船屋不是个好话题，赶紧刹车。"等着！我现在就去给他打电话。一定能找到他，别让我的冰融化啦。"

丹尼斯·莫特接到萨莉·沃森的电话很惊讶，事实上一开始他都没想起来她是谁。就跟其他老师一样，下了课就不认识人了。"周五下午你给我上过课的。"她语带责备地提醒他。

"哦，对对。"他的语气里透露着疲惫。

拜托，萨莉想，别弄得好像我的论文让你多痛苦似的。我写得可好了。

"丹宁小姐的外甥女帕梅拉·埃克斯从格顿过来了，现在跟我的姐姐待在一起，她想见你——你记得她吗？我本来想今天找个时间带她去见你，但她不想去茶话会，人太多了。"

"帕梅拉？来牛津了吗？当然认识，我很想见她。你可以4点带她过来吗？如果早一点，只要她有空。我不会让她碰见很多人的。请转告她，我非常想见她。"

萨莉更加愤慨了，显然他还清楚地记得帕梅拉，尽管他们只见过一次。他在电话里说话的声音真滑稽，气喘吁吁的，不过他的确是个中世纪的老古板，自然也不懂得隐藏声音里的惊讶。

与此同时，贝蒂正温柔地引导帕梅拉继续谈论她的姨妈。她觉得这个姑娘是想一吐为快的，只是没有人可以倾诉罢了。帕梅拉的悲惨境遇唤起了贝蒂作为已婚女性的责任感。她愿意好好照顾这个女孩，无微不至。

"抱歉我们在芭拉的时候没机会多和你接触，"她跟帕梅拉说，"都怪巴泽尔起得太晚，最后一天早上跟你们错过了，因为我们和别人约好了去喝茶，他们在很远的地方，所以不得不离开。"

"我也很抱歉，"帕梅拉说，停顿了一下，"我们是故意提早出门的，"她突然坦白道。"玛拉姨妈不想让我再见到你们。她没说原因，只是非要出去野餐，一早就出门了。我很高兴能够摊开来说，因为我一直很困扰，却没有人可以倾诉。"她说话更加吞吞吐吐了，但想向别人倾诉的意愿却很明显。"玛拉姨妈对我非常好，会牺牲在学校工作之余的所有时间来陪我，总是为我的未来做好打算，但她比较……执拗。听到我说莫特先生来看过我，她一点也不喜欢。她还说我别想再见到他了，我们为此吵了一架。"

她们听到萨莉走近的脚步声，贝蒂不知道这会不会打破帕梅拉好不容易建立起来的自信，但帕梅拉很快注意到了她焦虑的神色，萨莉进门后，她大胆地说："我刚才跟你姐姐说，玛拉姨妈有多不喜欢莫特先生来看我。而且特别过分的是，她说他不是个好人。我想问问你关于他的事。我知道有些老师会在上课的时候借故牵你的手，我没碰到过这种老师，但听说过。我根本不认为他是那种人。可是玛拉姨妈很保守，她可能害怕听到这类谣言，而且她从来不相信我能照顾好自己。"

"我相信莫特是受人尊敬的老师。"萨莉向她保证道，"我听说的所有关于他的传闻都表明他是彻底的隐士，整天都在埋头研究中世纪历史和带状种植系统之类的东西，入迷到走在路上都看不见身旁经过的人。"

"我相信他是个好人。"帕梅拉回答说，"我的第一预感是对的——因为他认识我的父亲，玛拉姨妈才不让我去见他。他说多年以前他也认识我母亲，所以他一定也认识玛拉姨妈，如果他在这里住了很多年，那她为何从没跟我提起过他。"此时服务员端着咖啡进来了，她突然转移了话题，"我今天下午给他打电话方便吗？"她问萨莉。

　　萨莉转告了莫特的话。"我等下开雷利载你过去，留你一个人在那儿，等你们聊完再接你回来和贝蒂一起喝茶。"她提议。

　　"我姐他们过来了，我一直没机会好好跟他们待在一起过。"

　　她们围坐在壁炉前，断断续续地聊着芭拉——贝蒂和帕梅拉第一次见面的地方、剑桥大学、帕梅拉的学业和抱负——在这一点上她相当认真。萨莉说她去把雷利从车库里开出来，绕着镇子转一圈，先熟悉熟悉车况再来接帕梅拉。贝蒂对她的周到考虑感到十分惊喜。

　　萨莉一走，帕梅拉就开始说："跟你们聊过之后我松了一口气，因为我一直在脑子里翻来覆去地想这些事情，我觉得自己快疯了，成了偏执狂。希望你不要介意。"

　　"我一点儿都不介意。"贝蒂向她保证，"如果你以后不想再提起，你可以忘掉跟我说的话，我也会忘掉。但你能对别人说出来，确实有助于厘清头绪。"

　　"你如此善解人意真是太好了。我知道玛拉姨妈不喜欢我父亲。我敢肯定母亲保留了信件和照片，但玛拉姨妈大概把它们都毁了，总是说什么都没有。我讨厌秘密，我不相信父亲是个彻头彻尾的坏蛋。也不敢相信，毕竟他是我父亲，如果他真的人品败坏，我心里肯定会特别难过。而且，凡事要先了解清楚才能下判断，说不定背后另有隐情。"

"我猜你从未见过你父亲的亲戚？"

"一个都没见过。就好像他从来不曾存在过一样，一点可循的踪迹都没有。这感觉非常不好受。好像你的根被斩断了。当然，玛拉姨妈一定非常爱我母亲，毕竟是她的妹妹，母亲的死对她的打击肯定特别大。"

"有时候，即便是最善良的人也难免会嫉妒。"贝蒂说，"如果你的母亲嫁给了一个她姐姐认为配不上她的人，你的姨妈或许会忍不住嫉妒他，而你母亲的死进一步激化了矛盾。"

"没错，我都看到了。但这并不能解释一切。玛拉姨妈似乎总想让我离牛津远远的，很早之前就安排好了让我去剑桥大学，我也很愿意，所以为什么一定要阻止我来这里呢。但在我告诉她莫特先生来看过我时，她勃然大怒，令我忍不住想，这就是她不让我来这儿的原因——这样就见不到他了。我观察过很长一段时间，她不想让我认识的人，她就会避开他们——就像之前对待你们那样——起初我以为是因为嫉妒，但后来我发现了其中的规律。他们都是牛津的人，或者和牛津有关系的人。"

"她可能特别想照顾好你，如果她真是你母亲，会管得更多。你也知道家长都是这样，总认为干涉孩子的交友是为了他们好。这样大错特错，"贝蒂说，"但他们总是这样做。"

　　"对，我知道。"帕梅拉赞同道，"但这并不能完全说明问题。我肯定玛拉姨妈想把我和父亲彻底隔绝，而莫特先生和他有某种联系，这就是她为什么不许我跟他来往的原因。我想现在他会跟我说父亲的事了——上次见面，我们的时间不多——但我又很害怕。我原本希望能说服玛拉姨妈，让她明白最好还是将一切告诉我，尽管我觉得我们又会为此大吵一架，但至少说开之后，事情会好办一些。可是现在……"帕梅拉的下唇有点颤抖。

　　贝蒂紧握着她的手，"非常抱歉，帕梅拉。你心里一定很不好受。你真的觉得今天就去见莫特先生会比较好吗？要不要再等等？"

　　"没事，真的，我想马上见到他。"

　　萨莉十分规矩地开着雷利在牛津城里穿梭，心思又活络了起来。柏丝，也就是玛拉姨妈，不幸溺水身亡，是这个与她同龄的女孩唯一的亲人。不知怎的，柏丝变得不那么面目可憎了，而更像一个活生生的人。毕竟，萨莉心想，柏丝是她唯一的家人，我应该尽力帮她处理好柏丝的身后事。可莫特是怎么掺和进来的呢？他会知道柏丝过去一些不光彩的秘密吗？但没人觉得柏丝这种人还有秘密，也不觉得莫特会是那种掌握别人秘密的人。还是说……你会这么觉得吗？或许是一个充满活力的小伙子，因为后悔年少时的放荡不羁而变成了现在这样厌世的学者！那为什么莫特这么急着要见帕梅拉呢？他不可能把柏丝黑暗的过去透露给她那已经成了孤儿的外甥女吧？特别是其中也有他的份？这件事真是太刺激了。

整个学术界的本质似乎正在悄然改变，戴上假发和假眉毛，出演一出闹剧。

法尔克斯的灯光变换着颜色，萨莉小心翼翼地拐过一个宽阔的街角，避开那些推着婴儿车的保姆——她们总是觉得马路是一个合适的闲聊场所，最后完美地停在了麦特酒店的门口。她跳下汽车，飞快跑进酒店，没有注意布雷登警探正在人行道上散步。

大约5分钟后，她又出来了，帕梅拉跟在后面，他再次从她身边走过，接着停了下来，仔细打量起帕梅拉。她的外表似乎给他留下了深刻的印象。

一缕冬日的阳光温柔地照在学院墙壁上已褪色的浅黄褐色石头上。

"牛津真美！"帕梅拉说。

对于柏丝阻止她接触牛津的一切以防她放弃剑桥，萨莉想，这姑娘真认为这是对的吗？毕竟，如果一个头脑清醒的人执意要去另一个连学位都拿不到的地方，仅凭几栋外观如画般的老建筑肯定没办法让她改变主意。虽然这地方……

　　她们在圣西缅学院的大门口停了下来。

　　"我们从这边走，从莫特家花园的大门进去。"萨莉解释道，她领着帕梅拉走过方庭，把她留在入口处，愉快地说了声"再见，好运"！因为她隐约有一种预感，前面等着帕梅拉的不是什么令人愉快的东西，仿佛她即将一头扎进这所大学里阴暗的神秘深渊。

第十五章

鸡毛蒜皮

　　萨莉从圣吉尔斯街返回，那条路离麦特酒店更近，她边哼歌边在心里唾弃限速的规定。圣吉尔斯街大约是普通街道的4倍宽，两条车道中间隔了一排灯杆和安全岛。萨莉开到路中间，靠近中线，看到一个优雅却沮丧的身影不管不顾地从一个安全岛上走过来，经过她的前方，恍恍惚惚地在车道中间徘徊。这人肯定是达芙妮。萨莉知道巴泽尔一向为他的刹车系统自豪，于是完美地展现了一次它们的高效，差点把后面一辆莫里斯的车主吓得心力衰竭，被迫转向了逆行道，还无情地嘲笑了一个猛地向后一跳的行人。

　　达芙妮站在萨莉的左前轮旁喘着粗气，既惊又怒，稍稍平复后说："炫技很好玩儿吗！"然后她看了一眼司机，"萨莉！天啊！谁准你一个人开车出门的？"

"是你不该在马路上乱跑，"萨莉狠狠地说，"你在这儿干什么？"

所幸圣吉尔斯街够宽，在她们交谈时，来往的车辆轻易就能绕过她们，没有造成不便。

"我看见你了所以停车接你。"萨莉解释说。

"好像我求你接我了似的。"达芙妮反驳道。

"行了，难道你不想坐巴泽尔的车去兜兜风吗？"萨莉好心地提议。

"我不知道，现在没什么心情。我和欧文吵了一架。你看过他的新诗了吗？题目叫《尘埃》，由布莱克·威尔出版，售价半克朗，你应该来一本，因为再过10年可能就升值到10基尼①了。我终于说出来了。我答应过会帮他宣传，让大家去买。而且真的值得。"她真诚地加上一句。

"我去告诉巴泽尔。"萨莉说，"你怎么啦？如果读欧文的诗让你感觉自己像个废物，还跑到马路中央徘徊搞得跟要轻生一样，这可不是什么好广告。"

"我才没有，我是昨天看了欧文的诗。都怪这烦人的调查任务搞砸了一切。我向欧文打听德莱格和康尼斯顿，还有那把折叠刀，结果他就发火了。我现在算是明白了，这就是个卑鄙的恶作剧。"

"肯定是你问的方式不对。你最好上车跟我去兜兜风，

① 基尼，英国旧货币名，于1816年停止流通，1基尼价值21先令，1克朗只值5先令。

然后我们一起回麦特酒店喝茶去。不过我觉得还是先回酒店好了，因为我说过会马上回去。刚才送柏丝的外甥女帕梅拉去见莫特，贝蒂应该想知道发生了什么。"

"肯定会的。可是为什么要去见莫特？"

"上车我就告诉你。"萨莉推开门，达芙妮坐上了低矮的座位。

"别开太快，这帽子很容易被吹掉。"她说。

还未进入玉米市场街，红灯就亮了。萨莉突然意识到车后有一个高大的身影正弯下腰来开门。

"我能上车吗，沃森小姐？我想跟你聊聊，正好有人在跟踪我，遇见你真是天意。"

"哦！"萨莉深吸一口气，"我吓了一大跳，还以为是警察呢。"

"他的确是警察呀！"达芙妮提醒她，萨莉爆笑起来。

"绿灯了，走吧！"达芙妮说。

她们驶入玉米市场街。

"你说有人跟踪你是什么意思？"萨莉扭过头问，"有人要杀你吗？"

精彩的惊悚小说都是这么写的，但她从没想过彻韦尔河谜案会发展到如此地步。

"是记者。"布雷登严肃地说，"他们一直跟着我，大概以为我会像玩撒纸追踪游戏似的一路透露线索，好在我屁股后头捡漏。我刚还在想，要见你的话找个什么理由最好。如果媒体报道我到访学院，与神秘人小姐共度一小时，这足够提供一个劲爆的头条了，要是神秘人小姐年轻又迷人，就更有话题性了。"

"我不是很想成为新闻头条，"萨莉说，"贝蒂也不喜欢。不过，要是他们能写'警探跨进一辆车，被一位漂亮的小姐飙着车送到了'——随便什么地方——就布劳顿·伯吉斯教区好了，效果不是更好吗？"

"当然有可能。我们只能往好处想。你真的要去这个名字如此动听的地方吗？"

"其实我们正要去麦特酒店。你可以和我们一起。我姐姐在那儿，她什么都知道。红灯真烦人！我猜车上有苏格兰场的警察也没办法让我直接通过吧？"

贝蒂看到萨莉带着达芙妮回来并不是很惊讶，但随后一个高大黝黑的男人跟着她们走进房间，她想这位一定是神秘的莫特先生。可是为什么……帕梅拉哪儿去了？

"这位是布雷登警探，"萨莉说，"这是我姐，彭莱顿夫人。"她不确定说出贝蒂帮忙解决了著名的彭莱顿一案是不是礼貌，贝蒂不喜欢她提起这件事，还是算了。

"我有一两个问题想问你妹妹，"布雷登解释道，"所以看到她经过的时候，我拜托她载我一程，她就把我带到这儿来了。"

"我出去，你们聊。"贝蒂迅速回道，"我正好有点事……"

"不用出去，你也许能帮上忙，"布雷登说，"首先"——他转向萨莉——"可以告诉我你们什么时候跟康尼斯顿先生说过你们发现了那把刀吗？或者提醒过他？"

达芙妮脸红了："都是我的错。我让一个朋友去弄清楚那是不是马修·康尼斯顿的刀，虽然他不太情愿，但他给马修留下了暗示，或者说，设了一个圈套。事后他特别反感提起这个。"

"什么时候给的暗示或者圈套？"布雷登问。

"应该是周六晚上。希望事情不严重，如果是因为我，这个朋友把马修给陷害了的话，后果太可怕了。"

"我也希望不严重，"布雷登安抚她，"能告诉我你的朋友暗示了什么吗？如果你觉得不舒服，我很抱歉，但刑事调查通常都伴随着痛苦，令人不快。"

达芙妮有些不好意思。"从现在起我不会再擅自调查了，"她保证道，"我不知道他到底说了什么，但马修应该发觉了我有参与其中，猜到我知道刀被发现了，但估计他以为是警察找到的。"

"知道了，谢谢。现在我要你忘掉它。至少要知道，如果你们没有捡到那把刀，警察也会找到的，上面的指纹也会完好无损。"如果康尼斯顿没有捏造事实，那把刀很可能已经被主人拿回去了——或者根本就不会丢下——但姑娘们不需要知道这个。

"而且要记住，让有关那把刀的流言蜚语四处传播对康尼斯顿先生没有一点好处，尤其在本案中可能根本不需要提起它。甚至没有证据表明它属于康尼斯顿先生。"

达芙妮松了一口气。萨莉有点失望。她喜欢把事情说清楚，而现在，除非达芙妮能从欧文那里打听到更多消息，否则这桩持刀事件会一直笼罩在神秘面纱下。

"至于渡船屋的铭文，我们依然毫无头绪。"萨莉宣称。

"但格温妮丝今天一早搞得神神秘秘的，我觉得她可能有了一点线索，我们今晚再告诉你吧。我还腾不出时间，一直在忙丹宁小姐的外甥女的事。"

"就是午饭后你开车载的那个苗条漂亮的姑娘？"布雷登问。

"你看到我们了吗？"萨莉惊讶地问，连她自己都没注意到，"你在偷窥！"

"萨莉！"贝蒂吓得赶忙出言制止。她一直默默坐在一旁，大家都快忘记她的存在了。

"我不是故意无礼的，"萨莉抱歉地解释道，"可布雷登警探似乎在跟踪我。"

"这难道不就是大家对警探的普遍认知吗？"布雷登

问，"别担心，我没放在心上，彭莱顿太太。其实我很高兴我逃过了沃森小姐那双善于观察的眼睛。"

"跟我一起上车的就是帕梅拉·埃克斯。"萨莉告诉他。

"嗯，我好像认识她。"布雷登几乎在自言自语。

"这么说你以前见过她？"萨莉问。她注意到他的欲言又止，便发动脑筋，给出了解释，"也对，你肯定翻遍了丹宁小姐的资料，所以看到过她的照片。"

给出完美的解释后，萨莉便将之抛诸脑后了。

"帕梅拉去见莫特先生了。"贝蒂解释道。

有那么一瞬，布雷登脸上露出了惊讶的神色，随即立刻恢复如常，但一直看着他的贝蒂，注意到他被这个消息吓了一跳。萨莉和达芙妮正忙着聊达芙妮的午餐，什么也没看到。

"不奇怪。"布雷登说，"他跟他们一家都认识，知道她来了和你们待在这里。"

"他还来不及知道，"贝蒂说，"但帕梅拉急着要见他，所以我妹妹打了电话给他，送她过去了。如果你想见帕梅拉，她会跟我们在这里住一两天，但是她觉得这件事很难说出口，也是人之常情，而且我很肯定她对丹宁小姐遭到谋杀的动机和原因一无所知。"

"你已经跟她谈过这事儿了吗？"布雷登问。

"主要聊的是她自己和她的父母。"贝蒂告诉他，"她似乎很想和别人谈谈困扰她的事情。"

布雷登点点头，转向萨莉："还有一件事我想问你们两个，不是很重要，但有助于解释一个微小的细节。你们还记得周五晚上，韦恩督察要找采尔纳克小姐谈话时，她是什么状态吗？你们很了解她，最能判断出她在收到传讯后是否感到不安或者惊慌失措。"

萨莉和达芙妮回想了一下："她特别平静，被传讯时一点都不惊讶，"萨莉告诉他，"天啊！我总是忘记你是警察。我不是说她早就料到会被传讯，德莱格有时候就是那样，会很平静地接受最令人震惊的事情，然后又突然莫名其妙地勃然大怒。她从来没告诉过我们韦恩督察说了什么，问完话之后她好像直接冲回了房间，不过很有可能在谈话一开始她还保持着冷静，到了一半突然火冒三丈，然后冲动地说了些什么。"

"她很不可靠。"达芙妮同意道。

"我有点印象，"布雷登严肃地点头，"好了，沃森小姐和洛维里奇小姐，我就打扰到这里。我好像打断了你们的兜风计划？"

"有一件事我很想知道，"萨莉说，"尽管我觉得你不会告诉我。丹宁小姐的死亡时间是什么时候？"

"与其说不会，不如说没办法，"布雷登坦白道，"如果我们确定了时间，你会在明天的审讯会上听到的。"

"3点以后，对不对？"达芙妮问，"我听说贝叶斯在3点之后看到她经过桥下去了下游。"

"啊！"萨莉惊呼一声。

"贝叶斯的故事真是人尽皆知啊。"布雷登对她们说。

"但你相信吗？"达芙妮追问道，"这人听着特别迷糊！他一开始居然以为划独木舟的是个男人！"

"的确。"布雷登评价说，"刚开始听到我也这么想。"

"你瞧，他很迷糊，"达芙妮坚持地说，"我觉得你根本指望不上他。"

"可能吧，"布雷登难过地说，"说真的，不是我不想让你开车，沃森小姐，但你不觉得处理交通问题的警察可能会对你留在门外的那辆车很感兴趣吗？"

"老天！"萨莉叫了一声，冲出房门，跟在后面的达芙妮要镇定得多。

布雷登朝贝蒂笑了笑。

"希望我妹妹没有给你们添麻烦，"贝蒂说，"她告诉我们她在周六晚上已经见过你了，还坦白了一切，我才松了口气。"

"她们没有捣乱，"布雷登安慰她道，"我更担心的是，她们会发现一些真正让她们措手不及的东西。为了她们着想，我希望牵扯其中的人千万别是她们认识的，可我们也说不准，线索或者疑似线索会将我们引向何方。"

"我明白，"贝蒂很是赞同，"我希望她们不要插手。我想她们现在只是想去兜兜风，因为萨莉很想开我丈夫的车。"

"是个好玩具，"布雷登认同道，"彭莱顿太太，我不想显得太过好奇，尽管大部分时候我不得不这样。佢是，你已经和埃克斯小姐谈过了，若非必要的话我不想过多打扰她。我不知道丹宁小姐阻止她靠近牛津和她的死之间是否有任何联系。不过一切皆有可能，埃克斯小姐有解释过丹宁小姐这个似乎人尽皆知的规定吗？"

"她的确提到过，"贝蒂承认，"而且她好像为此特别困扰。我想毫无疑问，帕梅拉的姨妈是故意的。帕梅拉现在认为，丹宁小姐这么做是为了阻止她和莫特先生见面，上学期他去剑桥看帕梅拉了。"

"你知道他为什么会去吗？"

"他应该是去剑桥出差，然后趁着这个机会去看望她，因为他和她的父亲认识。如果他的确因为这个而对她关注颇多，丹宁小姐也会为此刻意不让他们见面。在剑桥的时候当然是个见面的好机会。"

"埃克斯小姐很想再次见到他？"

"是的，她喜欢他，而且在某种程度上很依赖他，但我看得出来，同时她也有点害怕见到他。可能是因为他可以告诉她更多有关于她父亲的事，她想知道，又害怕知道。丹宁小姐总是把帕梅拉的父亲弄得很神秘，但我猜只是因为她觉得他配不上帕梅拉的母亲。丹宁小姐含糊地告诉帕梅拉，在她出生前，她父亲就抛弃了母亲。帕梅拉只知道这些，她自然不愿相信自己的父亲是个彻头彻尾的坏蛋，因而想听到一些能减轻父亲罪责的话，但又担心那是事实。"

"可怜的孩子。"布雷登评价说。

"是的，我真的为她难过。但这件事和案子应该没什么联系吧……会有吗？当然了……"贝蒂犹豫了一下，"我突然想到一件事，我不会跟任何人说，但也许能够解释一二。有可能帕梅拉的父亲从未娶过她母亲。帕梅拉说丹宁小姐的观念相当保守，丹宁小姐可能觉得不告诉外甥女比较好。但其实我觉得，比起被瞒在鼓里，帕梅拉更想知道真相。这并不能解释为什么丹宁小姐如此急切地想断绝她和莫特先生的来往。即便他清楚内情，他也不会告诉她的不是吗？不然也太卑鄙了。"

"在某些情况下，他可能觉得她有权知道，"布雷登半自言自语地说，"这事很蹊跷。谢谢你告诉我。我还不清楚这说明了什么，除了埃克斯小姐去见莫特先生了。"

"没错，至少这一点说得通了，不是吗？"

"她今早在车里和我丈夫聊了一些，"贝蒂告诉他，

"她觉得有点难以启齿。虽然她发现她的姨妈有时候很难相处——人们总是觉得父母难以相处不是吗？但他们仍然深爱自己的父母，何况丹宁小姐已经和帕梅拉的母亲无异。"

"没错，我为那个女孩感到难过。我很高兴你能照顾她，彭莱顿太太。感谢你的帮助，我得走了。"

贝蒂独自坐在壁炉旁，把这一切仔细地想了想。她关注的并非布雷登说了什么，而是他在听到各种消息时的反应。听到帕梅拉去见莫特先生的时候，他明显大吃一惊，而且他显然对自己给出的帕梅拉为何要去见莫特的解释不太满意。他还特别留意了达芙妮提到贝叶斯时的说辞。

关于有人划独木舟去下游。但贝蒂不清楚贝叶斯说过什么。她开始为帕梅拉担心起来，尽管不知道自己究竟在害怕什么。只是隐约觉得，那个女孩处于危险之中。莫特究竟是什么人？一个备受尊敬的老师——萨莉说。值得信任的人——帕梅拉如此暗示道。但女孩子通常会判断失误，一旦遇上男人便容易变成傻瓜，贝蒂明智地想。

这时萨莉回来了。

"我送达芙妮去了卡姆诺街。"她说，"雷利真的太棒了！我把车开回学院的车库了，茶还没上吗？"

贝蒂按了铃。"那个贝叶斯的故事是什么？"她问，"达芙妮刚才提过的，我想知道。"

　　"有意思，大家都爱叫他'那个贝叶斯'。达芙妮告诉我她是从欧文那里听说的。他请她吃午饭的时候说了这件事，所以说讨厌她是不可能的，但后来他们好像吵了一架，达芙妮很不开心，以至食不甘味，这太不寻常了。"

第十六章

格温妮丝拜访索菲娅姨妈

格温妮丝从床上五彩缤纷的杂物中挑出一个用蓝色布料做的小玩意儿，以不同寻常的角度放在自己的金色卷发上，这可不单是头部饰物，而是能在邦德街①上瞬间吸引人们眼球的帽子。看着镜子里的模糊身影，她想象自己已经成了明亮橱窗里的模特。

"绝对惊艳全场，但索菲娅姨妈可能会觉得太前卫了。"她对着镜子里的自己说，伤心地摇摇头。

她又试了另一副头饰，它的设计者好像急着想把它做好，于是把头饰顶部耷拉下来的部分折成随意的样式，再用一根羽毛把它们随意地固定住，以免掉到佩戴者的耳朵上。格温妮丝非常小心地调整着。

"太、太新潮了！索菲娅姨妈可能没见过什么世面，

---

① 邦德街，伦敦著名的时尚购物街。

可怜的老太太。她估计以为这个是随便做的。"

格温妮丝轻轻地把它取下来，"得换一个让我显得端庄些的。哪个好呢……"她仔细看了看自己的藏品，最后选了一项旧款帽子，帽顶和帽檐清晰可辨。敲门声响起时，她正在专注地调整着佩戴帽子的正确角度。

"请进！是玛丽吗？我迟到很久了吗？这样可以吗？"

"戴给索菲娅姨妈看的？同样的灯光下，所有现代服装在她眼里都是巴洛克风格。没办法，我们也只能接受。"

"既然这样，"格温妮丝伸手去拿她一开始否决的那顶蓝色帽子，"如果大家都不介意的话，我还是喜欢这个。"她把灰色毡帽掀掉，转向镜子。

格温妮丝再次面对玛丽·温特沃斯，温特沃斯是个聪明女孩，但没有发挥在学业上，心想经过这么久的精心调整，效果居然是这样——好像有人不小心把这个玩意儿扔到了格温妮丝的脑袋上，结果就卡在那儿了。

"怎么样？"格温妮丝问。

"你觉得好看就行了。帽子没有绝对的标准。"玛丽说。

"可是的确有啊。"格温妮丝说。

"赶紧的吧，"玛丽催促道，"都快4点了。"

格温妮丝抓起包包和手套，她们就出发了，走过公园的人行桥到了河的另一边，刚好和达芙妮错过，差不多同一时间，萨莉把达芙妮送到了美索不达米亚桥。

格温妮丝印象深刻，周六的时候妮娜提起了住在牛津北部的玛丽·温特沃斯的姨妈，说她很了解老隆德。格温妮丝知道，玛丽是达克尔夫人的外甥女，达克尔夫人在牛津的名气甚至超过了她已故的丈夫——那位在哲学系教授形而上学的教授据说经常在喀里多尼亚市场买裤子。格温妮丝在不经意间从记忆里挖掘出一个片段，有一次参加在乡间别墅里举行的派对，一个叫蒂姆·达克尔，看起来有点精神恍惚的年轻人，让她去拜访他的姨妈，玛丽承认蒂姆是她的表哥，答应下午带格温妮丝去见索菲娅姨妈，周日的时间总是被牛津大学的各种社交活动占满。格温妮丝不清楚自己究竟是何时何地遇见蒂姆·达克尔的，她记住他的姓纯属偶然。至于要她去拜访他姨妈，"这像是他会说的那种疯话。"格温妮丝自言自语。

玛丽顶着一头火红的头发，是个相貌平平却自我感觉良好的大二学生。任何对她的评判都会因一句"但她的成绩永远是第一"而变得不那么尖锐。她穿着松松垮垮的羊毛套衫和蓬松的粗花呢短裙，不难想象她以后会成为牛津大学里的怪胎之一。

达克尔太太住的房子，体现了牛津在19世纪下半叶受到拉金斯先生和哥特式建筑风格的影响。迎面看到的是高高的黄色砖墙，一楼的凸窗和门廊与石拱门相接，为建筑增添了多样性，但里面的垂直推拉窗和气窗显得有些格格不入。

屋里一位老仆人过来开了门，玛丽和她打招呼，叫她"丽琪"。丽琪一脸嫌恶地打量着格温妮丝，一开始并不情愿让她进去。然而玛丽冲在前面，领着格温妮丝进去了。丽琪扯了下她的袖子。

"小姐，如果你想把帽子扶正，大厅里有镜子。"

格温妮丝本能地转向镜子，借着从黄蓝相间的气窗透进来的微弱光线，确认外面的微风没有把头上的帽子吹歪，她放下心来。格温妮丝跟着玛丽进了客厅，瞥见丽琪那张苍老的脸上露出不怀好意的笑容。

索菲娅姨妈笔直地坐在一张桌子后面，桌上摆着许多茶杯和闪闪发光的银器。

"这位是格温妮丝·潘恩，来自泊瑟芬学院。"玛丽介绍道，"她碰见了蒂姆——在哪儿来着，格温妮丝？"

"他一见到我就特意跟我说，让我来看你。"格温妮丝急忙说。

"你记得可真够清楚的。"老太太冷冷地说。她的脸饱经风霜，鼻子很长，下巴居然有些胡须。她长了一头浓密的灰发，发型和这房子一样，都是典型的19世纪风格。

"你觉得蒂姆怎么样？"达克尔夫人突然转换话题。

格温妮丝很少回答不上来任何与学术知识无关的问题，但现在她在模糊记忆的角落里疯狂地搜索着，想找到与蒂姆有关的一星半点的信息。他是那个被他们撒满胡椒的枕头的主人吗？还是玩沙丁鱼游戏时，和她一起躲在沙发底下的人？

"我喜欢他，"她无力地喘着气说，"他人很好。"

"没错，他刚进牛津大学的时候就很好，毕业后品行也没有变。没有沾染任何恶习。他会一直保持善良的本性直到生命尽头。你喜欢中国还是印度？"

"我喜……呃，中国。"

这时一群学生过来问候，可能因为他们的父亲与老达克尔共事过，于是情谊也延续到了这一辈。每个人都结结巴巴地回答了达克尔夫人一连串唐突的问题，在接过茶和蛋糕时才总算松了口气。过了一会儿，达克尔夫人又注意到了格温妮丝，她正在愉快地向一个年轻人讲述她去年夏天在弗林顿度过的欢乐时光。

"你有什么爱好……姑娘，你叫什么来着？"

"潘恩，"格温妮丝恭顺地说，"我读的是英文系。"

"是因为对其他学科没有什么明确的鉴赏力吧？这是你的爱好吗？"

"在找到自己感兴趣的东西之前很难确定吧。学校的课程多种多样。不过我很喜欢网球，也喜欢去河里游泳，但夏季学期还没开始。还有……"说到河让格温妮丝想起了此行来看望达克尔夫人的目的，"我对老房子特别感兴趣，我不太了解它们，但周围有很多。这会让人好奇在中世纪住进这样的房子是种什么感觉。"

"我懂，到处都是，"达克尔夫人竟意外地表示赞同，"总是冷风嗖嗖、不方便、容易脏。可以获得审美上的满足感，但是很难打理。与其因为不知道还能读什么而学习英语语言文学，倒不如带着兴趣研究老房子。要书吗？"

"你有写渡船屋的书吗？"格温妮丝急切地问道，"因为每天都会经过，所以自然而然就产生了兴趣，它看起来特别……迷人。"

"但伊齐基尔不这么想？我知道。我可以给你看点东西，也许吧。"她不再看格温妮丝，转过身去问一个倒霉的年轻人——在牛津大学待了五个学期，从中学到了什么。

觉得自己所花费的耐心足够支付茶钱了，这群学生便马上离开了。紧接着达克尔夫人问起了家务事，玛丽·温特沃斯不得不一一应答。把全家人的情况都问了个遍后，达克尔夫人又转向格温妮丝。

"渡船屋怎么样了？注意到那里的烟囱了吗？"

烟囱！格温妮丝抓狂地想。谁会注意烟囱啊，除非里面有烟冒出来。

玛丽帮她答话，但语气高傲，说那些烟囱的做工很不错，格温妮丝不明所以，自从她不再相信这世上存在圣诞老人以来，就从未注意过烟囱了。

"你应该还记得泊瑟芬学院建成之前这里是一片荒岛吧？"玛丽问，因为她知道索菲娅姨妈喜欢这个话题。

"记得。我还记得他们不肯接受我父亲从建筑学的角度所给的忠告。亚当·隆德卖掉这座岛的消息在牛津引起轰动。一所女子学院——只接受女性入学——建在隆德之地上！隆德家族的男人可是宁愿射杀一个女人，也不愿让她踏上自己的土地的。"

"射杀？天啊！真的吗？"格温妮丝问。

"和那些著名格言一样真实。隆德家族不需要女人。可如果没有女人，他们宝贵的家族便无法延续，每一代必须接受至少一名妻子，这个认知令他们愤愤不平。"

"那他们为什么要卖？"

"亚当缺钱。伊齐基尔的弟弟是个游手好闲之辈，除了母亲就没见过其他女人了，遇上了也不知该如何应对。因为债台高筑，父亲提出卖掉这块地。伊齐基尔称之为'魔鬼的诱惑'，尽管亚当决定卖给女人，但无疑希望她们都淹死在河里，就像不久前出事的那位。"

"没错，我们的财务主管，"玛丽说，"但据说是别人所为。"

"这种事一定会引起不少流言蜚语，伊齐基尔听到肯定很开心。他还住在那儿吗？"

"没有，但他偶尔会去看看。"格温妮丝告诉她，"请多讲讲他和他房子的事吧。"

"因为这笔买卖，他对他父亲大发雷霆。她们在岛上动工后，有一天晚上他悄悄过去，拆掉了一部分墙，把砖头扔进河里——就像教堂传说里的魔鬼那样。但隆德一家只不过是打打嘴仗，做做样子，没造成任何实质性的破坏。他们认为必须以那首诗为心中信条，严格遵守。"

"什么诗？"格温妮丝兴奋地问道，"几天前我在那条小路上遇到了隆德，他冲我喊了什么，听起来像诗，但我没听清。"

"它被刻在壁炉架上，我听说那是伊丽莎白一世时代的杰作。当然我没有机会看到，毕竟我是他们厌恶的女性，而且也没兴趣嫁给伊齐基尔。"

"刻在壁炉架上！"格温妮丝倒抽一口气，"后面那个大房间里的壁炉架吗？"

"你进去过？"老太太厉声问道。

"没有，但我们……有人确实透过窗户看到了一些东西。那首诗是什么？"

"我的舅舅温特沃斯教授——当然，这个名字对你来说毫无意义，但如果你读了历史，可能就会知道他在思考些什么，其实他和亚当·隆德关系很好。他背下了那首诗，并且记在了他的本子上。亚当发现他一直盯着诗在看，马上意识到有危险。亚当这个傻瓜，以为要是这首诗被大家知道了，诅咒就会降临到整个家族身上。但他没想到分明就是他们这一家子愚蠢至极，自作孽不可活。"

"到底是什么诗？"格温妮丝恳求道，好奇心显露无遗。

"别不耐烦！你们这些年轻女生就是分不清主次！这个故事的重点不是那几个字，而是隆德家族赋予它们的意义。好比你的帽子一样！"达克尔夫人突然对格温妮丝说，"你觉得牛津北部的保守老太太对现代帽子的款式一无所知，但我知道，要是把帽子摆在博物馆里，除非将它以正确的角度戴在一个有合适发型的模特身上，否则用不了一百年人们就会忘记它的样子。是这样吗？"

"就是这样，你太了解了！"格温妮丝说，想着玛丽不会喜欢这个话题。

"那你了解那首诗吗？"

格温妮丝有点措手不及。

"重要的是，"玛丽解释道，"它怎么会被刻到渡船屋的壁炉架上，又是如何影响了隆德一家的生活，还有舅爷吉尔伯特是怎么记下来的。"

"没错。渡船屋建于伊丽莎白一世时代，体现了当时典型的建筑风格。它应当得到妥善保存，但我敢保证伊齐基尔会任由它变成一堆废墟，他一向是个懒惰的孩子。伊丽莎白一世时期，将诗歌刻在那里的家族成员，特意做成了错综复杂的叶子图案。它并不明显，我不知道你们是怎么从窗户里看出来的。"她怀疑地看着格温妮丝，"如果伊齐基尔够聪明，能想到只有雕刻鉴赏家才能注意到上面的图案，他就可以让大家成群结队地去参观房子，并从中得到一笔可观的收入，而且永远不必为了可能泄露家族秘密而失眠！"

"你舅舅把记下的诗歌保留下来了吗？"格温妮丝焦急地问。

"我舅舅吉尔伯特不想把笔记毁掉，不管亚当是否会大发雷霆，但他有传统的家族荣誉观念，理解亚当的迷信，所以他从未出版过那首诗歌，只拿给自己的几个家人和朋友看过。他从未想过像现代人那样，利用私人隐私牟利，无论背后的利益有多诱人。"

格温妮丝不耐烦地挪动着身子，但又害怕让老太太再次把话题转向伊丽莎白一世时代和现代时尚。"那它暗示了什么秘密吗？"她问。

"就是胡说八道，故弄玄虚罢了。我找到了。"她半起身，"我不知道……"

"我很想看看。"格温妮丝大着胆子说。

"你当然想了，但这可是隐私。"她猛地向格温妮丝弯下腰，"我怎么知道你不会四处说闲话呢？可能下周就会看到隆德家族的诗歌印刷成册了。"

"如果你看到我写论文的样子就不会有疑虑了！"格温妮丝坚持道，"如非必要，我不会多写一个字。"

"很好。只要你心里清楚什么是必要的。我不是那种讨要承诺的傻瓜，不过我愿意信任你们，即使知道了之后不会滥用。"

达克尔夫人走到壁炉旁边的一个高高的书柜前，拿出一本用牛皮纸包好的厚实的书册。她回到自己的椅子上，浏览着书页，上面布满了淡褐色的尖细字迹。"在这里！"她把打开的书递给她的外甥女，格温妮丝坐在玛丽旁边的沙发上，和她一起低头看这本书。她们读道：

"牛津渡船屋的壁炉上刻有铭文，屋主亚当·隆德认为它具有某种神奇的意义，我已经向他保证这篇诗歌不会发表。

于1867年书。"

"这片土地为隆德所有，
珍贵如我的生命。
女人不得在此向男人求爱，
除非她想成为你的妻子。
如若撒谎，
唯死才可赎罪。"

"这个家族铭文是建造渡船屋的吉尔斯·隆德于伊丽莎白一世时代亲手刻上去的。我认为那句传言'隆德家族的人宁可射杀一个女人，也不愿让她踏上他们的土地'来自对这篇铭文的误读。它可能是想表达：如果女人擅自闯入这座岛，那她终生都不会得到原谅。但是由于人们普遍认为铭文具有邪恶的意义，隆德家族不愿让大众知晓。双关语在那个时代很流行。"

格温妮丝匆匆跳过温特沃斯教授的冗长评论，一遍又一遍地读着那首诗，希望自己的记性和他一样好。等玛丽读完，她拿过书又仔细看了一遍。

"这并不是说女人不能踏上这座岛，只是说她不能在那里'追求男人'。"玛丽指出。

"隆德一家大概认为，只要有女人靠近他们的地方就等于求爱了。"达克尔夫人说。

"不过由于双关语盛行，伊丽莎白一世时代的人说什么都有可能。"玛丽评价道。

"拼写体系的发明也很了不起，"达克尔夫人补充说，"吉尔斯·隆德在这方面也颇有建树。好了，给我吧。"

格温妮丝不情愿地把书交了出去。

"非常感谢你给我们看这个。真高兴能了解到完整的故事。"格温妮丝急匆匆地说完。她不停地在脑子里重复那些诗句，祈祷她和玛丽能立刻告辞，免得再聊下去，脑子里的诗歌都要给挤跑了。幸好索菲娅姨妈很快就放她们走了。

　　"以后再来！我想看看你下次会戴什么帽子。"两人道别时，她亲切地对格温妮丝说。格温妮丝一回到泊瑟芬学院就立马跑回自己房间，抓起一本笔记本，看了一眼书签，是《贝奥武夫》的读书笔记，接着在上面写下了隆德家族的铭文。然后急忙去找萨莉了。

第十七章

帕梅拉到"末端"做客

　　萨莉对老师的感觉是，虽然有时候值得同情，但绝不会接纳他们成为朋友，或以平等的身份去对待，不过这也不是他们的错，一群可怜的家伙，如果他们继续如此勤勉地耕种自己的智慧，那学生的"人性"就将遭受摧残了。因此，看到帕梅拉在莫特先生四面都摆满书架的房间里，给他倒茶，将他当作一个平等的人，萨莉一定会大吃一惊。帕梅拉完全忘记了他是个老师。

　　就连帕梅拉这个一点也不自恋的姑娘，都能看出来他见到自己很高兴。此刻他正急切地询问她在剑桥的生活、功课、朋友以及对未来的规划。然而，有时她觉得他并没有真的在听她的回答，而是以一种如梦似幻的目光凝视着她，仿佛透过她看到了别的东西。她不确定是不是偶尔在他脸上捕捉到了一丝奇怪扭曲的表情，或许只是绚丽的落日余晖与壁炉里跳跃的火光在他脸上的映照。

"你知道,"她说,"我一直很担心玛拉姨妈会安排我的人生,尤其是她竭力不让我与牛津有任何瓜葛。我告诉她你在上学期来看过我后,她非常生气。不知怎么的,我感觉这次矛盾是一个机会,或许有些事可以借此得到解释。但最后并没有。我觉得现在只有你能解释了,我也希望你能解释。"

丹尼斯·莫特用手托着下巴,将视线从帕梅拉身上移开,皱着眉头盯着炉火看了一会儿才又转向她,看起来相当疲惫,他放松地陷进高背椅里,这样他的脸就被隐藏在了阴影中。

"你的姨妈从来没有解释过,现在却让我说,我很为难。你能明白的对不对?你知道我们曾经吵过一架,因为彼此的感受不同,想法不同。她对你父亲的记忆充斥着痛苦,又碍于我和他的交情,所以不希望我们见面。帕梅拉,这是一个古老而不幸的故事。说出来对谁都没好处。"

奇怪的是,帕梅拉被这句话打动了,她看不见他的脸,只听见这些话断断续续地从他嘴里说出来。可她不会就此罢休。

"我讨厌秘密!"她激动地说,"我当然有权知道自己父亲的事,而且只有你能告诉我了。"

"我不确定,帕梅拉。我以为我有权见你,因为我对你有极大的兴趣——不，我还是老实说吧——对你母亲的女儿有深厚的感情。但我好像错了，我似乎又给你带来了新的困扰。"

"没有！"帕梅拉向他保证，"困扰很早之前就存在了，只不过你的到来激发了矛盾。我不介意争吵，因为这注定会发生。你能来看我，我真的很高兴。我一直希望能再次见到你，让你告诉我，我父亲的事。你是我和他之间唯一的联系了。而且我高兴不仅仅是因为这个，还因为你很……很善解人意。"

丹尼斯·莫特从椅子上站起来，迈着大步走到最远的书架旁，又转过身，大步往回走，几乎要和帕梅面贴面了才停了下来。

"帕梅拉，有件事最好还是告诉你。可能对你来说没什么大不了的。你的父亲和母亲没有结婚，但他想娶她是真心的，这一点你不要怀疑。"

帕梅拉平静地抬头看他："我猜到了。虽然不确定，但似乎能和我所了解的信息对上。我不是很介意，就算介意也只有一点点，我最关心的是，他是否真心爱她。"

"这世上没有比这更千真万确的事了。"

"所以他在我出生前就离开我母亲不是因为不在乎——虽然我从未真正相信过他是这样的人。但玛拉姨妈好像就是因为这个才如此痛恨他。"

"他当然在乎,帕梅拉,你说得很对。这一点比任何事都重要,以前是,现在依然是。你的父亲生性懦弱,我觉得这是他最大的罪过。当时他太年轻,处境又十分艰难。他和你母亲都还未成年,你的玛拉姨妈和奶奶都反对这桩婚事,觉得过于轻率。那时候你父亲还在读大学,他有一个叔父,只在物质上提供了些许帮助,却对他寄予厚望,很可能会竭力反对他们早婚。不过你的姨妈对这门亲事更加反感,不惜一切代价也要阻止。"

"你的意思是她在嫉妒?"

她对往事的洞察力令他大吃一惊:"没错,我也这么想。你知道的,即便是最优秀的人也免不了有嫉妒之情。她们都是孤儿,玛拉像母亲般照顾着帕梅拉——也就是你的母亲——这是帕梅拉第一次违背姐姐的意愿,甚至更糟,她不再重视玛拉,并且准备好为了外人放弃一切,甚至是玛拉。"

"可我还是不明白,他为什么要离开她?"

"这事儿说出来有点难以置信。有这么两姐妹,当时帕梅拉和你现在一样大,也是19岁,玛拉大约25岁,两个人都很固执,虽然站在对立面,却在最后的行动上各自妥协。帕梅拉不想伤害她的爱人,她对他的未来很有信心,担心他会为了自己自毁前程。她太爱他了,如果你能理解的话,帕梅拉,身为她的女儿,你应该能理解。所以她试图掌握自己的命运。她没跟他说自己怀孕了，她同意了玛拉的计划，搬到德文郡一个偏远的村庄，孩子出生在那里，谁都不会知晓。天知道孩子出生以后玛拉有什么打算。"

"所以父亲根本不知道我的存在？"

"是的，你母亲曾写信给他，跟他说不会打扰他学习，会等到他完成牛津大学的学业后再去见他。她没有告诉他地址，信件也是去较远的小镇上投递的。帕梅拉，你要永远记住，虽然你父亲很懦弱，但你母亲是这世上最勇敢的人，这种勇气令她拒绝帮助，面对孤独，享受寂静。"

"享受寂静，"帕梅拉重复道，"你的语气好像她是你的深爱之人似的。"

"对。"他慢慢地把话说完，陷入了深深的沉默，"后来你出生了，她死了。玛拉写信给你父亲，这是他收到过的最可怕的一封信。不过事情已经发生，一切都不再重要了。随后战争爆发，你父亲立刻参军入伍，就像其他遇到困难的懦弱男人一样，他以为战争能拯救他们。其实不过是一时逃避罢了。他……很高兴有机会赴死。"

"很难过我的父亲母亲不能再幸福地生活在一起了。给我讲讲我母亲吧。"

"你们很像，不过她看上去比你更年轻，更不谙世事，或许只是过去的人更加单纯吧。"

帕梅拉没想到他对另一个帕梅拉的记忆如此深刻，以至全是夸赞之词。然而不知怎的，她很在意他对自己的看法。

"我也没有很世故，真的。但其他人似乎都比我成熟，我也必须努力成长。"

"我明白。年轻人普遍喜欢引人注目，当众人领袖。但世俗些，日子或许能过得更容易一点。"

"你再多说说我母亲吧，"帕梅拉坚持道，"不只是她的长相，还有她这个人如何。她和玛拉姨妈不像对吗？"

"她们都非常坚决和勇敢。但别的方面就不怎么像了。帕梅拉天生风趣幽默，头脑灵活。她在思想上和其他方面都非常具有冒险精神。我从未见过比她更诚实的人。'我们必须诚实地活着。'这句话被她时常挂在嘴边。她从不害怕知道真相。你们很像，你也有一种探求真相的本能。我亲爱的孩子，尽管到了今时今日，谈起她依然让我痛苦，更别说是要揭开尘封已久的伤疤。她年轻、可爱、讨人喜欢。"

房间里几乎一片漆黑，只有壁炉里的火光在摇曳着。帕梅拉觉得自己在出生前就已经迷了路。这个精神不济的中年学者又开始在他黑暗的书房里来回踱步。尽管他总是轻声细语，说的句子还有些晦涩难懂，但依然将她带回了20年前。帕梅拉坐在那儿，双眼半闭着，仿佛只要一抬头，就会看到她的母亲，那么真实，那么鲜活。

突然，丹尼斯·莫特停下脚步，坐回高背椅上。

"我很感激你告诉我，我母亲的生平，"帕梅拉胆怯地说，害怕那片岁月的荒漠横亘在他们中间，让他听不到自己说话。但当她的声音响起，往事便又溜回了远方。

"我一直试着将我所听到的拼凑到一起，想象他们的样子，可那始终只是我编造出来的人。现在我认识他们了。是你给我了一个父亲和一个母亲，你可能不知道这对于我来说意义有多么重大。"

他只说："我们都需要光。"然后打开了一盏台灯，把灯罩掀开，使光线从他身边流过照到帕梅拉身上。

"我这有她的照片，有一些你可能没见过。"他接着说，走到书桌前去找了。

• • • • •

与此同时，在麦特酒店里，萨莉和贝蒂喝完茶，在巴泽尔回来之前详细讨论了复活节的活动计划。

"巴泽尔。"萨莉跟他打招呼，"你的车太好开了，我特别小心。车上有个地方有点响，但没出故障。我现在得回学院了，格温妮丝肯定已经回来了，我很想知道她今天下午去干了什么。"

"就是暗示要我送你呗。"巴泽尔好脾气地说，"行，趁我还没歇着，走吧。"

"我也去，"贝蒂说，"我想看看晚上的牛津。"

"没有什么比得上皮卡迪利广场[①]，"巴泽尔拍拍胸脯，"不过要是真想去就一起。正好瞧瞧萨莉把我的车怎么了。"

他们把萨莉放在泊瑟芬学院的前门，掉转车头，经美索不达米亚桥返回。

"你不觉得我们应该去接帕梅拉吗？"贝蒂建议道，"我真的很担心她，我也说不上来为什么，但今天下午的气氛挺古怪的。"

"你没有让我的小精灵陷入危险吧？"巴泽尔关切地问，"她是不是去拜访一位备受尊敬的老教师了？给萨莉上过课的那个？"

"对，不过我敢肯定，警探不希望她去那儿，他满脸都写着不赞同。我想不出为什么不愿意，除非他觉得莫特先生会不停地提起她的姨妈，给她造成困扰。但他应该不会往那上面想。我还是想不出有任何担心的理由，但我感觉到帕梅拉自己也很害怕，尽管她很想去。"

"你的情绪都被这群女孩和她们的调查行动给影响了。"巴泽尔说，"不过帕梅拉差不多也该回来了。那个人住在哪儿？"

贝蒂把她知道的一五一十全说了出来，巴泽尔自以为

---

① 皮卡迪利广场，伦敦的标志性广场。

听懂了，结果毫不意外地，他没有开上诺伦花园路而是转到了诺伦路，因此并没有经过学院方庭，而是开进了私人车道来到莫特先生的房子跟前。他们把车停在大门口，走进花园，但是由于天黑路暗，他们误踏上通往后门的小路，来到了书房外。书房的窗帘没有拉上，他们看到帕梅拉暴露在一片灯光下，认真地和一个坐在阴影里的人说话。

"她在那儿！"巴泽尔高兴地叫道，脚后跟踩到砾石，发出不小的声响。

屋里的男人听到声音吓了一跳，向窗子走去，逐渐出现在了光影里。贝蒂急着要见他，伸着脖子往里瞧，发现他脸上有一种奇怪的表情。但不知是惊慌、恐惧抑或仅仅只是惊讶？不一会儿，他走到台灯前，打开了窗户，成了一个特征全无的剪影。

"我们是来找帕梅拉的，"巴泽尔解释说，"抱歉，我们迷了路才乱闯你的花园。我们现在绕去前门。"

莫特先生嘟囔了几句，把窗户关上了。

第十八章

警探巡查上游

周一早晨，布雷登和韦恩督察坐着聊天。布雷登盯着一张写满笔记的纸正沉思着。

"从公园过人行桥到渡船屋和泊瑟芬学院，周五下午在这条路线上来来去去的人可不少。"

"那他们怎么都没有碰到呢？奇了怪了。"韦恩问。

"你看看这个时间线。"布雷登说着把纸推到他面前。

丹宁小姐离开泊瑟芬学院

船屋	13:45
经过公园人行桥下	近14:00
返程经过人行桥下	约14:47
到达泊瑟芬学院的船屋	16:16

贝叶斯到达公园人行桥　　　　　　　　　　　　　近 14:00

　　返回经过人行桥　　　　　　　　　　　　　　　　14:47

利杰特到河边　　　　　　　　　　　　　约 14:15 ～ 15:05

　　在田地里遇到贝叶斯　　　　　　　　　　　　约 14:40

德莱格·采尔纳克经过渡船屋

　　人行小径　　　　　　　　　　　　　　　　　约 14:15

　　到公园人行桥　　　　　　　　　　　　　　　约 14:20

　　到达圣西缅学院　　　　　　　　　　　　　　约 14:30

　　离开圣西缅学院　　　　　　　　　　　　　　约 15:30

　　返回经过公园人行桥　　　　　　　　　　　　约 15:40

　　渡船屋的人行小径　　　　　　　　　　　　　约 15:45

莫特离开圣西缅学院　　　　　　　　　　　　　　14:45

　　公园人行桥　　　　　　　　　　　　　　　　　14:55

　　渡船屋的人行小径　　　　　　　　　　　　　　15:00

　　返回经过渡船屋的人行小径　　　　　　　　　　16:05

　　公园人行桥　　　　　　　　　　　　　　　　　16:10

　　圣西缅学院　　　　　　　　　　　　　　　　　16:20

隆德到达渡船屋

（可能）经由渡船路和小巷　　　　　　　　　　　15:30

韦恩研究了一会儿。

"长官，依我看，莫特先生应该是在公园人行桥和小巷之间的这段路赶上利杰特的，但他在陈述中说，除了贝叶斯，他没在田里看到任何人。"韦恩评价道。

"贝叶斯的第一个说法仍然有可能成立，即返回人行桥时刚过3点，周五利杰特在河边的走路速度比昨天和你一起的时候要慢很多。那莫特可能在贝叶斯到那儿之前就已经过了人行桥了，而且比利杰特早很多。"

"是的，长官。"韦恩看了看时间表，"但是就我们昨天那个在田里走的速度，没道理还有人更慢啊。"

布雷登笑了，"无论如何，可以肯定的是，除非独木舟真的是3点之后从桥下经过，否则利杰特不可能追得上它，然后在田里杀死丹宁小姐，因为会被莫特撞见。即便再心无旁骛，也很难忽视近在眼前的谋杀。"

"的确。"韦恩略显沮丧地表示同意。

"这个表还有一个疑点，"布雷登继续道，"就目前采尔纳克小姐的时间来看，对我们完全没有帮助。奇怪的是居然和其他人的时间都完美避开。不过它们都来自康尼斯顿的猜测，可能存在偏差。我打算去见见她，确认下她那天的行程时间。现在，这里有个好东西。"他递给韦恩一张纸，是从格温妮丝写了《贝奥武夫》的读书笔记的笔记本上撕下来的，上面准确誊写了吉尔斯·隆德的诗歌。

韦恩认真地研读："好像没什么特别的含义，除了隆德的拼写水平不怎么样，再就是死了一个女人。是他自己写的吗？"

"隆德家族的一位先人将它刻在了壁炉架上，那个年代没人在乎他们会不会写字。伊齐基尔在周六晚上把它凿掉了。隆德家族一直很迷信这首诗，认为要是它广为人知，就会给他们带来厄运。他知道我们在怀疑他，也很聪明，猜到我们会搜查他的房子。他慌了，可能觉得这首诗会加大他的嫌疑，所以直接让它消失。"

"而且，如果如诗中所说，他真的杀了某个女人，这可能是一项对他不利的证据，因此想销毁了之。至少在我看来是这样，长官。"韦恩说。

"有可能。"布雷登赞同道，"两种解释都说得通。证据倒是算不上，但我们知道了那些女孩在窗外看时，他在干些什么。我觉得这一点更重要。"布雷登拿起丹宁小姐的银行存折，这是韦恩前一天从一位银行经理那里弄来的，慵懒的休息日被打扰，经理很不开心。他从里面抽出一张长长的纸条，上面写满了数字和日期。"今天早上我和经理通了电话，他对这些款项毫不知情，只知道断断续续地持续了好几年。当然这不关他的事，但他记得丹宁小姐好像偶尔提到过，钱是转给她外甥女的。显然，丹宁小姐用她的私人账户支付了这个女孩的所有费用——学校费用、学院费用、医药费和看牙医的钱等，并且每个月还会打一小笔零花钱。据我所知，她没有任何信托资金或类似的资金来源，不过这一点我还得再调查一下。"

"长官，你是说，"韦恩问道，"丹宁小姐从别人手里拿到现金，再用它来支付外甥女的学费和生活费？"

"我是这么想的，"布雷登确认地说，"在过去的几年时间，她收到的现金数额要负担她外甥女的开支可以说绰绰有余——而且这笔钱独立于其他开支之外。但我得承认，她是个细心的女人。她不时地进行小额投资，其中一些本金可能就来自存完现金后的余款。她的存折上没有任何迹象表明这些款项是出于某种特定目的。尽管还没有在她留下的文件里找到相关记录，但我敢肯定会有一份账目明细，列举她收到多少钱，给了外甥女多少钱以及投资了多少钱。"

"所以无论从哪个方面来讲，她都没有从中获取多少个人利益？"韦恩问道。"这不是很奇怪吗？"

"我不确定。从我对丹宁小姐的了解来看，"布雷登沉思地说。"为深爱的人攒钱就是她最大的动力，就和别人追逐私利的欲望一样强烈。还有一点，我等下会讲到。但现在最关键的是，这么多年来丹宁小姐打进她账户里的钱——数额通常不是很大，最多50英镑，这还只是有记录的部分。这种事我们见得还不够多吗？"

不管情况如何，韦恩督察似乎都不太满意，接收这些信息的时候，他始终带着一脸疑虑。"当然，"他说，"一个学院的财务主管经手的钱可不是小数目。大学生各有各的想法，有些人用现金缴费也不奇怪。假设不是什么不光彩的原因——这比较符合自杀的案例，但似乎与本案无关——她觉得通过支票把钱存入学院的账户更方便不是挺正常的嘛……"

"韦恩！你怎么这么天真！"布雷登打断他道，"你现在在查的案子，涉及疯狂的老头，一座废弃的伊丽莎白一世时代的房子，里面刻着一首诅咒的诗歌，却拒绝往敲诈勒索这样卑鄙阴暗的方面想。给我动动脑子！或许财务主管发现，从支付给学院的现金中挪用一些用于个人开支比较方便，资金空缺则用自己的支票补上。但她没道理将那些现金存入她自己的账户，除非她想贪污这笔钱。没有迹象表明她有侵吞学院财产的意向。我们必须追查那笔钱的来源。"

"是，长官。"韦恩没再反驳，"可是我很难想象这些大学老师会做出欺诈这种事。"

"我明白。"布雷登说，"我们很容易对别人产生刻板印象，将他们分类，贴上标签，说'这群人肯定会犯下这样那样的罪行，那群人就不会'。但我们必须时刻记住，凡事皆有例外。"

"你应该已经有想法了吧，关于那笔钱从何而来？"因为这位苏格兰场警探的一席话，韦恩问得更客气了。

"没错。首先，我怀疑她拿到的钱不止这些，可能留了一点给自己用，只把剩余的钱存入了银行账户。或者她以分期的方式将钱存入银行。我认为她是在避免一次性存入大笔金额，这样太显眼了。所以你要找的是，在更长的时间间隔下，有更大金额的钱被取出的账户。如果你能找出圣西缅学院的丹尼斯·莫特的账户，我想可能就找到那笔钱了。"

韦恩目瞪口呆地看着布雷登。"莫特！"他喃喃道。

"这个怀疑还没有完全合理的解释。"布雷登坦白道，"但直到昨天晚上，拼图的碎片依然不能组成一幅完整的图案。我依然觉得还有别的答案，所以我在找其他可能性。我之所以想到他，是因为我们第一次见面时，他显然不愿意直接回答我的任何问题。"

"去之前你怀疑过吗？"

"没有。"布雷登说，"我当时跟你说过，按照那几个女孩儿的说法，他出现在河边的时间很关键，可以为我们提供一些有用的线索。我还留意到沃森小姐无意说过一句，他来上课的时候穿着特别破旧的裤子和鞋子，而他的解释是，忘记换掉打理花园时穿的衣服了。但被我追问，她又说裤子上没有什么泥巴，只有鞋子很脏。在任何地方都有可能沾上——自然也包括隆德的地盘。"

韦恩听了皱起眉头。"我还是不太明白,"他坦诚道,"就凭他不太想回答你的问题就怀疑他吗,长官?"

"当然也要考虑这个人的性格,一个精益求精的学者在日常生活中往往很马虎。但令我意外的是,他很刻意地在回避,不愿透露他在周五下午究竟做了些什么,回答得很笼统,好像既不想告诉我实话,又不太会撒谎。我问,'你走的那条人行小径吗',他答,'大家通常都走那条路'。诸如此类的。这就不太像是老学究惯常的含糊其辞了。他唯一能肯定的是渡船屋从四面八方都看不见。你瞧,一个平时观察力不强的人竟然会注意到这一点,值得深思。"

"明白。但是,长官,我还想不通的是这位莫特和丹宁小姐之间到底有什么联系。"韦恩皱着眉头说。

"我搜集了一些零星的证据,我非常确定莫特就是丹宁小姐的外甥女的亲生父亲。"

"所以这就是她勒索的原因!"韦恩喊道,"但我觉得他这样的男人在抚养女儿上本来就不会小气吧。"

"这是我刚才提到的另一点,"布雷登说,"我想,对于丹宁小姐来说,在这种密谋的氛围下,压他一头的满足感和真正拿到钱同样重要。毫无疑问,她本可以用更正规的途径拿到这笔钱,但我觉得她并不想这么做。莫特不是商人，如果丹宁小姐不帮他，他可能就没办法秘密资助这个女孩儿，直到她成年。"

"你的意思是说，一直以来，她划独木舟去上游，其实是为了去看他然后拿钱吗？"韦恩喊道，依旧不敢相信。

"对不起。"布雷登再次道歉，"这很古怪，但我相信事实就是如此，而且她很可能乐在其中。提醒一句，证据还不充分，如果我们过早地打草惊蛇，莫特可能会毁掉一些还有可能找到的东西。保持沉默。我去河边测试下时间，再找人问几个问题，看能不能有什么收获。你先想一想这是怎么一回事，然后去丹宁小姐的房间里找找，看有没有类似收款记录的东西。书桌里肯定没有，但可能藏在你意想不到的地方。你把丹宁小姐的独木舟送回学院的船屋，放进河里去吧。我大概一个小时后就可以上船了，或许更早。你不用紧张，我知道一些划桨的技巧。"

布雷登先去麦特酒店找彭莱顿夫人。几分钟后，贝蒂出现在了酒店休息厅。

"早上好，警探。"她嘴里这样说着，但声音和表情却在问，"你到底想要什么？帕梅拉有什么麻烦吗？"

"彭莱顿夫人，我想问埃克斯小姐几个问题，关于丹宁小姐的财务状况，"布雷登解释说，"我认为这些问题不难回答，她要么知道要么不知道。你可以在旁边陪着她，如果你觉得这样能让她安心的话，到时候你就知道，我绝不会严刑逼供。"

"好，有我在旁边，帕梅拉应该不会那么紧张，"他友善的笑容打消了贝蒂的疑虑，她同意了，"我们正在吃早餐。你可以去我们的客厅等一会儿，就是你昨天到过的地方，我带她过来。"

贝蒂和帕梅拉紧跟着布雷登。贝蒂介绍他的时候，帕梅拉用她那双蓝色的眼睛久久地审视着他。

"对不起，打扰你吃早饭了。"他抱歉地说，"但有一个和丹宁小姐的财务状况有关的小问题，或许你能为我们解答。"

"我对玛拉姨妈的资产一无所知。"帕梅拉说，"她会支付我的学费和其他一切费用，还给我零用钱。"

"你姨妈有没有帮你代管一些钱？或者还有没有其他受托人代管你父母给你留下的钱？"

"我不知道。"帕梅拉坦白地说，"但我肯定没有人替我代管钱。我觉得完全没有信托这回事，但我知道父亲有留一些钱给我，玛拉姨妈曾经跟我说过。"

"或许交给你姨妈了吧，由她来判断怎么分配最好，供你上学之类的。"布雷登说。

"是……是的。"帕梅拉显然感觉到了有些事需要她解释，但她什么也没说。布雷登注意到了贝蒂困惑不解的表情。考虑到帕梅拉的父亲与姨妈之间明显的敌对情绪，她也觉得这个安排很出乎意料。

"我确定钱是玛拉姨妈在管，"停顿了一会儿，帕梅拉接着说，"我有问过，因为我认为自己有权知情，但她可能觉得我不应该在成年之前为钱烦恼，所以没有告诉我细节。玛拉姨妈只说有很多，她对我太大方了，有时候我在想，会不会其实特别少，所以她才不跟我说，故意骗我。"帕梅拉又停顿了一下，然后补充道："对不起，没能解释清楚，但我确实不知道具体情况。"

"非常感谢，已经足够了。现在你们可以继续享用咖啡和果酱了。我也很讨厌吃早餐被人打扰，特别是还没喝完第六杯咖啡的时候。再见。"

贝蒂跟着布雷登下楼，在酒店休息厅分开时，他道完别后握了握她的手。

"照顾好那个孩子。"他急忙补充说，"我很担心，这个案子解决后她的日子会比现在更难过。其实，如果你能在审讯结束后马上带她离开牛津也未尝不可。在别的地方陪她一两天，但要让我知道你们在哪儿。"

说完他就走了。

他在高街上快步走着，到尽头后转了个弯，大步流星地朝泊瑟芬学院去了。他找到柯德尔小姐，不一会儿便被她领进了院长办公室。

等她转过身来，他注意到她特别紧张。事实上，丹宁小姐的神秘死亡和随之而来的公众热议，光这两点就足以让她彻夜难眠了。更糟糕的是，她觉得自己失去了一个朋友，一个她可以依赖的朋友。

"早上好，柯德尔小姐。请问一下我能否跟采尔纳克小姐说几句话。别担心……"布雷登看见她焦急的表情，急忙解释，"没什么事，只是希望她可以提供些信息，或许能帮助我们确定时间。"

"可惜，"柯德尔小姐说，"斯拉夫民族没有什么时间观念。我在东欧旅游时就注意到了，又在德莱格·采尔纳克的身上再次看到。"

"但说不定她能提供有用的线索。"布雷登并不恼。

"当然了，当然了。"柯德尔小姐心不在焉地回答，"我马上派人去叫她。不过她可能去上课了。"按完铃，她不确定地看着布雷登，想问却又不敢开口，怕不合适。他看出她的犹豫，直接替她省去了麻烦。

"恐怕我不能告诉你太多，柯德尔小姐。谜底就快要揭开了，但还没有确凿的证据。见过采尔纳克小姐之后，我打算坐着丹宁小姐的独木舟去上游，这也就是我们把独木舟送回来的原因。我想测试一下时间和距离。"

柯德尔小姐点了点头。一个女仆听到铃声进来了，奉命去找采尔纳克小姐。

"我希望这种充满不确定性的日子能有个头，"院长说，"但我又害怕知道真相。"

布雷登有点意外，"你没有什么能告诉我们的了吗，柯德尔小姐？任何可以帮到我们的线索？"

"没有了。我完全不知道发生了什么。我只是想说，有可能我同事的死是一场意外，却非得要挖出一些可怕阴暗的事情才善罢甘休。"

"这种事情恐怕注定不那么美好。"布雷登严肃地说，为柯德尔小姐深感遗憾。

有人敲门，德莱格来了。

"布雷登警探想和你谈谈，德莱格。你们要不要去公共休息室？"柯德尔小姐向布雷登建议道。"德莱格，你能给布雷登警探带路吗？"

他告别了柯德尔小姐，跟在德莱格后面，注意到她此刻还镇定自若，想起萨莉的警告，可能下一秒就是狂风骤雨。

"我猜你是来让我把全部真相告诉你的，康尼斯顿已经跟我说过了。"德莱格坐在他对面说。

"我们的确更喜欢真相，"布雷登和蔼地赞同道，"能省下很多麻烦。我是来问你，你还记得周五下午，到圣西缅拜访完康尼斯顿先生之后，你是什么时候回学院的吗"

"时间！"德莱格愤怒地叫道，"英国人无论做什么都得看着时间来。真是讨厌。"

"确实很无聊。"布雷登表示同意，"但如果你能回忆起准确的时间，那就真是帮了我们大忙了。学院的下午茶时间是几点？"

"离4点的钟敲响还差15分钟。"德莱格说。

"那你周五回来之后有听到钟声吗？你去喝茶了吗？"

"是的，我去喝茶了。我养成了习惯。"德莱格不无自豪地说，"让我想一想。啊！我到的时候她们已经开始喝下午茶了。"

"所以肯定是3:45之后了。那你记得过了多久吗？你有没有听到钟声？从这里是能听到西姆塔的钟声的，对吗？"

"我知道！"德莱格沉思了一会儿，突然说道，"就是因为到了下午茶时间我才回来的，和康尼斯顿说话的时候我看了下手表，刚好是3:45。我没有马上离开，聊了一会儿后才走。"

"那你就是4:05回到学院的，或者更晚？你是从渡船屋的花园里走回来的吗？"

"对，主路太长了。但我还是不知道究竟几点到这儿的。"

"你走得快吗？"布雷登问。

德莱格一脸不确定："我怎么知道？"

"你不知道从圣西缅走回来需要多长时间吗？"

德莱格无奈地摇摇头。"我想告诉你真相，"她说，"但我真不知道。"

"没关系。这个你大概知道，人行桥、桥下的小路、人行小径、小径和学院大门之间，经过这几个地方的时候你有遇到什么人吗？"

"没有。我确定，因为天算不上黑，只是很暗。我很害怕那条人行小径，格温妮丝跟我说过那个可怕的老头。但我确定那里没有人。"

"现在能帮我一个忙吗？走到圣西缅然后返回，就像你周五做的那样，开始之前看一眼手表，回到这里再确认一次用了多长时间。你不必再担心你那个诅咒了，我很确定它和丹宁小姐的死没关系，也不会有人知道这件事。"

"谢谢你。"德莱格严肃地说，"我会照你说的做，我怎么告诉你时间，你还会再来吗？"

"对，我还会再来。"布雷登承诺完后便离开了。

然后布雷登走到船屋找到了丹宁小姐的独木舟"法拉隆"，上面搁着两支船桨，有一名警察在旁边看守。

"你可不可以到诺伦路去，在那附近等我，就在'末端'的大门附近——你知道这所房子吧？你最好开辆车过去。"布雷登命令道。

布雷登上了独木舟，看了一眼手表，使劲往上游划去。他沿着岛屿的西侧一路向上，经过新洛德河的分叉口，那里种着许多杨柳，纤细的枝条垂在水面上。他沿着公园一侧的河岸继续往上，不久就看见了人行桥。经过桥下时他又看了下时间。才花了10分钟。他可能划得太快了，肌肉发达的右臂传来阵阵酸痛。

他稍稍放慢了速度，不到一刻钟，他就从人行桥下到了圣西缅学院的船屋前的回水处。布雷登继续向前，平稳地划过圣西缅的花园，只用一圈高高的铁栏杆与彻韦尔河隔开。"末端"的回水区比较窄，两边芦苇丛生，但宽度也足够让一艘平底船经过了。他转向往左，小幅度地划着独木舟，穿过这混浊的死水，微微皱着眉头望向回水区的尽头，那里有一排树篱。他慢慢靠近，发现河道向左急转弯，于是转过拐角，那里的河水清澈了些。

他不再划桨，看了看时间。从人行桥过来花了18分钟，离他出发过了28分钟。他把船桨直接插进水里，桨板完全没入水中后便碰到了淤泥。他再想拉起来时，桨板底部卡在了厚厚的黑色泥块里。

布雷登环视了一下周围。正前方是一间很大的船屋，船屋前面有一座倾斜的浮桥，挡住了回水区的末端。河道右岸被清理过了，割掉了芦苇丛，并用木桩支撑。岸边厚厚的树篱挡住了那个方向的视线。左岸更为小心地安插了一排木板，后面则是'末端'的花园。那是一个灌木丛生、树木茂密的花园，花柱上插满了玫瑰，视线再往上，布雷登可以看到不规则的斜坡屋顶和一个高高的烟囱。他跨上岸，少了人的重量，独木舟浮了上来，船舷的位置和地面持平。

他把独木舟绑在一根柱子上，仔细察看了河岸后才跨上浮桥，慢慢走到浮桥的下端，目测了一下回水区的宽度，大概1.8米。在船屋的侧边，他发现了一扇门，用一把挂锁锁着，轻易就被他的万能钥匙给打开了。

里面一片漆黑，他拿出手电筒，照了照四周。一艘倒置的平底船占据了屋内大部分空间，还有衬垫、撑篙和船桨，所有能想到的装备应有尽有。他想找一条毯子，可是没有。

几件衣服挂在墙上的挂钩上。布雷登把它们拿下来仔细检查。一件老旧的粗花呢便装外套已经破烂不堪，一条灰色法兰绒长裤，裤腿褪了色，沾满泥巴所以脏兮兮的。他凑近观察，用指甲刮了刮泥巴，泥巴呈褐色，已经干掉了。他把裤子挂回挂钩上，继续在船屋里张望，用手电筒扫了一圈。在一个角落里，他发现一双厚鞋子，又脏又破，显然很久没有擦过了。上面有很多褐色的泥巴，也都干透了。他把鞋子拿到回水区，"法拉隆"停泊的地方，他跪下来细看支撑着河岸的木板。那里也有很多干泥巴，但那是黑色的，跟他把船桨插进河床，沾在桨板上的东西是一样的。只是因为干掉了，颜色更浅一些。

　　布雷登把鞋子带回船屋，将它们放回原位。鞋子、外套和裤子都很普通，就是修理平底船或者打理花园时会穿的。除了那件外套，根据萨莉的描述，裤子和鞋子正是莫特先生在周五下午给她上课穿的行头。

　　船屋对面有一个衣柜，布雷登打开柜门，发现了叠起来的平底船衬垫。他把它们拖到地板上摊开。里面还有东西，好像是被胡乱地塞到下面的。布雷登又抽出一条灰色法兰绒裤子，铺在平底船上，借着手电筒的光仔细检查。从没有弄脏的上半部分看，可以断定这是条新裤子，而且熨烫得很平整，但是膝盖以上几厘米处往下的部分被涂上了一层黑泥，干掉的地方已经变成了灰色。大部分的泥土还是软的，裤子是湿的。他一寸一寸地打量着，不一会儿，他发现了他想要的东西：一根长长的金发。

　　布雷登回到衣柜前，手电筒照到了一双鞋子。不仅内外都有结块的黑色湿泥巴，皮革因为泡过水而成了暗色。然而，尽管被泥巴和河水糟蹋了，这双鞋似乎比他看到的第一双质量更好。

　　他小心地卷起裤子，沉思了一会儿。然后他抬起平底船的边缘，把鞋子和裤子塞到底下。他把平底船衬垫换掉之后便出了船屋，关了门但没有上锁。布雷登又看了一眼停泊在回水处的"法拉隆"，又环视了一下荒芜的花园，顺着小路朝房子走去，到了前门。应门的是一位活泼的中年妇女。

"莫特先生出去了，"她告诉他，"上课去了。他会回来吃午饭，需要我转达什么吗？"

布雷登仔细地看着她。"你知道莫特先生丢了一条毯子吗？很旧了，上面有深浅不一的棕色格子图案？"他问道。

女人皱起了眉头。"是有一条棕色的旧毯子，莫特先生偶尔会带着去划船，但最近他没下过河，这个学期应该都没有。我没听说它丢了。你是警察吗，先生？"

"是的，布雷登警探。那你也不知道毯子在没在房子里？"

"莫特先生一般把它放在船屋里，方便要用的时候拿。他说毯子丢了吗？"她一脸困惑，"如果你想给我辨认……但我可能不知道，毯子长得都差不多。"

"我也没带在身上。没事了。请转告莫特先生我来过，划独木舟上来的。"

从前门到诺伦路的小路通向船屋附近，布雷登把鞋子和裤子拿好便上路了。一名警察开了一辆警车等在那儿，布雷登先把包袱小心地放进车里，随后也上了车。

"直接回警局。"他命令道。

第十九章

解　脱

　　泊瑟芬学院的大厅虽然建成不到40年，但凭借完美的比例、装饰精美的墙壁、样式简洁的圆拱形窗户以及奥古斯都般的庄严感，令人赏心悦目。周一下午，大学验尸官对玛拉·丹宁进行死因审理。

　　让柯德尔小姐略感宽慰的是，因为学校保留了自主审理死因的权利——要履行这一职能对专业性的要求很高，所以并没有移交治安法院进行审理，只有韦恩督察和布雷登警探到场作为代表。陪审团由学院董事、教员和死者的同事组成，在柯德尔小姐的组织下，全部头戴庄严的方帽，身穿飘逸的长袍。

　　洛德联盟的成员坐成一排，穿着简洁的学士服，头戴老式的黑色方帽。虽说作为陪审团主席，柯德尔小姐比平时更为正式是应该的，但如果不看她的穿着而只是注意她的表情和动作的话，她更像是在寻求同情，而没有担任起领导众人的职责。妮娜很是惊讶。

"可怜的柯德尔！"妮娜低声对萨莉说，"我真替她难过，这事儿让她耗尽心力。她肯定很喜欢柏丝。"

"她肯定特别依赖她，"萨莉回答，"我想毕竟人心都是肉做的。"

尽管柯德尔小姐心情沉痛，依然无法驱散她担心学生在这种半公开场合会如何表现而产生的焦虑。幸好大学里的死因审理十分严肃正规，而且有很多先例作为参考，有一系列程序规则引导她和她的同僚，这让她松了一口气。但大学生却有可能走向荒谬的极端，要么坚持传统，要么打破传统。你永远不知道这种场合会对她们产生怎样的影响，但无论哪种情况，她们的行为都有可能被夸大。很久以前，她就断定，大学生只是头脑聪明，心智却不成熟，不必指望悲伤的情感对她们产生多大影响。

萨莉、妮娜和达芙妮是可以信赖的，她想。她希望格温妮丝不要过于激动，发出可笑的尖叫声。但是验尸官坚持要德莱格在场，她的存在就如同已经点燃引信的爆竹一样危险。德莱格安静地坐在妮娜身边，另一边坐了一个穿着学士服的又丑又黑的男人，让人不太放心。幸好有一张桌子挡住了柯德尔小姐的视线，她没有看到马修·康尼斯顿正握着德莱格的手。

一点钟了，距审理开始还有一个小时，案件还有一些细节尚未弄清楚，因此布雷登有了借口让学校的人按原计划进行死因审理，在警察看来，这无非就是走一下过场。布雷登在内心深处感到宽慰，因为这样她们就不必直接判决自己的同事为杀人犯了。

死因审理开始，帕梅拉低声出示了身份证明。随后德莱格被叫起来接受询问，讲述她是如何看到丹宁小姐走去船屋，开始她人生最后一段旅程的。柯德尔小姐屏住呼吸，紧紧抓住桌子。

"我坐在图书馆里，"德莱格口齿清晰，"看到丹宁小姐拿着两支船桨穿过草地往船屋走去，就跟我以前见过的一样。在英国，这似乎是很常见的行为。"

验尸法官对德莱格的性格早有耳闻，所以他没有问任何问题。柯德尔小姐毫不掩饰地松了一口气，史蒂文斯小姐不安地看着院长，发现她的脸上出现异于平常的红晕。举证过程无聊地进行着。几个简单的问题下来，贝叶斯概括了他的所见所闻，一个女人划独木舟去了上游，后又返回，条理清晰。洛德联盟的成员们讲述了自己发现尸体的经过。韦恩督察则说明了自己赶到现场后看到的一切。接下来是医学证明。

"所以你的观点是，"验尸官问道，"排除意外死亡的可能性是吗？"

"关于这个，"奥德尔医生回答说，"死亡本身可能是意外导致。没有确凿的证据表明丹宁小姐是受到重击后被故意推入水中还是自己掉进水里，抑或是意外落水，在水下撞到头部。至于后来尸体从水里被捞出放进独木舟里，显然表明还另有人在场。我要说的就这么多。"

"谢谢。"验尸官说。奥德尔医生走了下来。

"在这起令人悲痛的不幸的神秘案件中，"验尸官总结道，"我们今天只能确定死因。除此之外的事超出了我们的能力范围，希望警察会尽心尽责地调查，拨开迷雾还我们真相。陪审团的女士们，根据医学证明，你们可以判断死因为溺水，也可以补充说明，是因为死者的头部受到了重击，失去知觉才落水身亡。如果可以，你们也要决定，重击和溺水是意外所致还是人为原因。如果你们无法得出结论，也要给出存疑判决①。"

陪审团退席讨论，因为柯德尔小姐认为让她们坐在自己的位置上窃窃私语有失尊严。

讨论时间不长。

"我们无法做出决定，"副院长史蒂文斯小姐称，"除非一致同意验尸官的说法，丹宁小姐是在头部遭受重击后

①　根据英国早期法律规定，如果死者在接受医疗护理的情况下死亡，或者在死亡后14天内曾被医生检视，那么医生可以签发死亡证明。但是，如果不满足前述条件，或者医生出于各种原因不愿作出判断，那么验尸法官将对死者的死因发起"死因存疑"调查，即"死因裁判"。

昏迷的情况下淹死的。这个观点比较合理，因为我们都知道她是一个游泳能手，在没有任何障碍的情况下，她不太可能淹死。”

大家纷纷对此表示同意，柯德尔小姐暗自谴责史蒂文斯小姐的轻率。

“至于其他方面，”史蒂文斯小姐继续道，“刚才显然有人在竭力隐瞒发生了什么事以及事情发生的地点，但我觉得我们也应该考虑意外的可能性，也就意味着存疑判决。”

“可是，”另一位老师波登小姐插嘴道，“当然只有凶手才会这么做。难道就不可以给陌生人定罪了吗？”

“我看不出我们有什么确凿的证据，”史蒂文斯小姐不耐烦地回答，“只能基于我们听到的事实进行判断。”

大家对此表示赞同并做出了相应的裁决。

验尸官对死因审理的对象表示悼念。

“你们失去了一位受人尊敬的同事，请允许我向死者家属表示深切的慰问。多年来丹宁小姐一直勤勤恳恳地工作，大家有目共睹。不仅是这所大学，整个城市都应当感谢她，为保护这片绿色宜人的土地不被欠妥的建筑破坏美感而做出的抗争和贡献。”

听着那些呆板的套话，萨莉想：“可怜的帕梅拉！说这些对她来说有什么用。她可能更愿意让她的姨妈活着，就算在牛津建造摩天大楼也没关系。"她环顾四周，想找她同情的对象，却发现帕梅拉、贝蒂和巴泽尔悄悄溜走了。

　　结束后，大家普遍对判决感到失望。过程无聊，最后还没个结果。珍·史蒂文斯和泊瑟芬学院教授交谊厅的其他成员认为丹宁小姐的死倾向于单纯的意外，很不幸，但也没有其他感觉了，大家也只能尽力而为，把损失降到最低。失去丹宁小姐，她们并没有真正感到难过，只是觉得就这样死了有点可惜，并对她的能力表示赞赏。这位财务主管在处理自己的事情上很高效，对别人的事却漠不关心，她似乎在孤独中和工作上找到一种奇特的满足感，而这些都没能为她带来友谊。只有柯德尔小姐对她更温柔，也更宽容。或许是因为院长对财政方面的事务没什么经验，所以她给了财务主管一定的自主权，使她可以充分发挥自己的才能。

　　看到其他老师的冷漠态度，柯德尔小姐有点伤心，她很想找一个能理解她内心痛苦的、明白她向外界展示一张平静而威严的面孔有多难的人谈一谈。她觉得那位苏格兰场的警探比任何人都要善解人意，却没有想到，能给别人这样的印象正是他事业成功的秘诀。他又在那儿和德莱格说话了，那个女孩似乎很听他的话。

　　"你帮我完成测试了吗？"布雷登问德莱格。

"完成了。"德莱格答道，对自己很是满意。她递给他一张小纸条，"我怕忘记，把时间写下来了。我从圣西缅走到我们学院花了20分钟。"

"你是3:45以后动的身吗？可不可以给我看下你的表？"他拿过来和自己的对比，出乎意料地发现时间是准的。

"这是块好表，我费了好大的劲把时间调准，"德莱格告诉他，"因为在这里，每个人都必须守时。"

"很好。你是在圣西缅的大门口开始计时的吗？"

"对，在大门外。"

"所以周五你应该是4:10到泊瑟芬学院的。"

德莱格想了想，"应该是，不会早于这个时间。"

"你确定没碰到任何人吗？"

"我不确定在公园里有没有遇见，但从人行桥到我们学院，没有。"

"你认识莫特先生吗？给沃森小姐上过课的老师？"

德莱格想了一会儿："认识！很绅士，是圣西缅的老师。"

"绅士，"布雷登怀疑地说，"你真的认识他吗？"

"我知道他长什么样儿，"德莱格坚称，"他留着浅色头发，总是一副忧心忡忡的样子。"

"周五你走回来的时候没看到他吗？在公园里也

没有？"

"没有，碰到了我会记得，因为我认识他。"德莱格说。

"非常感谢，"布雷登说，"这是我想听到的答案。"

他和韦恩一同回到警察局，去了韦恩的办公室。

"那个女孩说的话又是一番对莫特不利的证词。"布雷登把德莱格的话告诉韦恩后说，"沃森小姐证实了他是在4点刚过一两分钟的时候离开学院的，但3:50 ~ 4:10，从圣西缅到泊瑟芬的路上没有人见到过他。"

"他可以辩解说，他走的是围绕在渡船屋四周的那条小路，而不是走渡船屋里面，"韦恩指出，"而且我记得你说过，他并没有说他是直接穿过去的？"

"他自己说了他从未走过那条小路。"布雷登回忆说，"但我们掌握的证据太少了，尽管这个案子的脉络清晰明了。"

"那个女管家肯定知道些什么，"韦恩沉思地说，"但我估计她什么都不会说。逮捕一个真正的罪犯，很多人会因为对他怀恨在心而争先恐后地举报。可面对这样这一个人，情况就大不一样了。"

布雷登若有所思地点头："我承认我并不想动他。"

"我能理解，长官，我们已经习惯了学生们时不时犯点小错，但这次不同，这是位老师。然而咱们还是得完成自己的职责。"他半起身，带着询问的目光望着布雷登。

"晚个几分钟没关系，"布雷登说，"我很想听听法医对那根头发的研究报告。"

"我的人已经把'末端'围得水泄不通了，就像王冠上密密麻麻的宝石，"韦恩颇为自豪地说，"所以一切尽在掌握之中。"

"既然还要等一会儿，我想看看你找的丹宁小姐的账簿和莫特的存折。"布雷登说。

韦恩从抽屉里拿出两本存折和一本廉价的红皮笔记本，递给了布雷登。他翻看着，将两本存折进行比较。

"我查了莫特在银行的取款记录，一次一般取100英镑，与过去的两年里丹宁小姐存入账户的现金，"韦恩说，"似乎对得上。"他递过去一页纸，列满了数字。

"丹宁小姐在她的私人账簿里记下了每一笔收到的和花在她外甥女身上的钱以及每次投资的余额，但没有透露任何姓名。多细心的女人！毫无疑问她有自己的一套诚信法则。我好奇她有没有把这本账簿给莫特看过，还是任由他猜测自己的钱是不是真的都用在他女儿身上了。"

"如果你能抽出一两分钟，长官，有一两件事我还是不太明白，"韦恩略微踌躇，"那个康尼斯顿……"

"他说的都是实话，"布雷登说，"起先我很惊讶，因为任何迫不得已要编造故事的人通常都会编一些更容易让人相信的东西。另外，我发现康尼斯顿很聪明，聪明到可以编造一个如此奇妙的故事，以至让人觉得这不是编的而愿意去相信它。我的脑子里曾经一度闪过这样的念头——莫特知道或者怀疑康尼斯顿牵涉其中，是为了想保护他的同学。"

"你说你周日早上见到莫特的时候打听到了一些东西？和贝叶斯提供的证词一起，将作案地点指向下游。"韦恩说。

"我一直在人行桥上找线索，与手表停止的时间相匹配的线索暗示了溺亡时间是到达上游后的半小时内。贝叶斯提到过一条毯子，觉得下面有东西。我们问他的时候，他曾想收回那句话，但我记得他的确看到毯子下面盖着什么东西，而如果丹宁小姐是在人行桥上游淹死的话，那只可能是她的尸体，划舟的就成了穿戴着她的衣服和帽子的凶手。"

"可是，你自己说过的，长官，"韦恩责备地说，"毯子下面只是另一支船桨。"

"我知道。可能是另一支船桨。我不想放过任何一个可能性。嫌疑人还有老隆德和利杰特。但我亲自测试时间的时候，他们的不在场证明无懈可击，利杰特到的时间更早，在贝叶斯返回人行桥时与其相遇。然后我碰巧听说，贝叶斯在告诉朋友们经过的时候，说过他第一次看到独木舟往下游划去时，他以为那是个男人。"

"他从来没有告诉过我们！"韦恩说，"我们有了很多有意思的证人。一个什么事都不确定的贝叶斯，他在死因审理庭上表现得很好，不知道在交叉质询时会是什么反应？至于那个南斯拉夫姑娘——"他话音一顿，又继续道："还有一件事我不太明白，长官。为什么莫特要把独木舟停在了渡船屋花园下面，又冒险返回呢？"

"显然他的时间紧迫，最快的办法就是把船停在那里。如果上课迟到了几分钟，肯定会引起学生注意。他不能冒这个险。独木舟放在那儿也很安全，没有人去新洛德河，莫特可能都不知道隆德有时会在渡船屋附近溜达。他确信隆德的船屋隐藏得很好，没有人会看到。我想他应该是觉得只要返回把独木舟推走，它就会漂得很远，远离岛屿，甚至越过拦河坝，他以为这样就能彻底扰乱视线。"

"明白了，很清楚。如果这是莫特提前计划好的，那他完成得很完美——就整个时间线而言。"

"我敢肯定他没有事先计划。其实我还不确定他是否犯了谋杀罪。不管怎样，我在找证据证明这一点。当然了，单凭他隐瞒这一切，就足够逮捕他了。"

"在我看来，"韦恩指着那两本存折和红皮笔记本说，"那些账目，已经足以构成杀人动机了。"

"这只能表明他讨厌她，害怕她，"布雷登一字一顿地说，"我不觉得他是那种会敲女人脑袋的男人，但试想一下，如果他只是出言威胁，或者推了她一把，她可能会掉进那条狭窄的河道头撞到对面的木桩。"他停顿了一下，"我不知道，这可能是个缺点，但我想在逮捕一个人之前，让自己确信他真的犯了罪。"

奥德尔医生带着检验报告进来了。"裤子上的头发，"他说，"上面不止一根，和丹宁小姐脑袋上的的确是孪生兄弟。当然了，它们没办法自证身份。"他补充道。

"现在该去'末端'了，"韦恩说。那所小房子在茂盛的花园里显得十分宁静，阳光透过光秃秃的树枝在灰墙上投下模糊的光影。

"莫特先生在休息，"活泼的女管家告诉他们，"这几天他一直不太对劲。我转达了你的话，督察先生。"她看着布雷登。"但你没说你什么时候会再来。至于那块毯子，莫特先生没说它被偷了，可能丢了也没什么大不了的吧。"

"很重要，"布雷登告诉她，"比任何一条被偷的毯子都要重要。恐怕我们必须见一见莫特先生了。麻烦你转告一下，谢谢。"

"他说了不能打扰他，"女人犹豫地说。"你们不能晚点再来吗？他应该睡着了，需要好好休息一下。"

"我猜他最近睡得不好吧？"布雷登说。

"既然你这么说，他可能跟你提起过吧，他昨晚压根没有合过眼。一整夜都在屋子里走来走去。所以督察你看，我现在不想打扰他。"

"如果不听他的话，他也会大发脾气？"布雷登继续说。

"我不便谈论我的雇主。"女人生硬地回答。

"明白，"布雷登表示同意，"现在可以去跟莫特先生说我们要见他了吗？抱歉我们必须见到他。事关重大，十万火急。"

"好吧，既然你都这么说了，"她迟疑地答应，留他们在走廊等着。几分钟后她回来了，看上去很害怕。

"我叫不醒他。他可能吃了安眠药。我听说这种东西会让人进入非正常的睡眠状态。"她显然是想缓和自己的恐惧。"我不知道……"她含糊地补充道。

"我想我们最好去看看他，"布雷登严肃地说，"最好赶紧叫医生，但这类情况我还是有些经验的。"

那个女人对他们的敌意已然消失，似乎很庆幸有他们在身边。她在前面带路，到了布雷登第一次见丹尼斯·莫特的书房。现在他躺在一把低矮的柳条椅上，一只手臂向上弯曲，另一只手伸进他头靠着的垫子下面。两腿张开，身子侧向一边，是人在熟睡时的姿势。布雷登迅速检查了一下，转向韦恩。

"给奥德尔医生打个电话可以吗？他死了。"最后几个字说得很轻，站在门边的女管家没听见，但她听到了医生二字。她的双手紧紧握在一起。

"先生，是不是……是不是……"

"是。"布雷登说，"医生也无力回天了。我们必须介入，希望你理解。"

女人喘着粗气，跌跌撞撞地走出房间。韦恩跟在她后面去找电话。布雷登在房间里转了一圈，发现桌子上有一封写给他的信，他把它放进了口袋。他第一次到访时仔细研究过的那张照片不见了。

第二十章

丹尼斯·莫特的自我判决

判决书的内容开门见山。

"我这番话不是对一个侦探说的，而是男人和男人之间的对话，因为我觉得还是解释一下比较好。我相信你的判断，正如我欣赏你的机智。水合氯醛①是我母亲生前用的药，用常规方法就能保存好多年。我一直留着，因为我不止一次想要喝下它，用懦夫的方式来摆脱无法忍受的困境。自始至终，我的软弱给我自己带来的痛苦比给其他人造成的痛苦更甚。

"现在最让我感到苦恼的是，这个因勒索而起的卑劣故事可能会被公之于众。我不知道如何才能避免。虽然我称之为勒索，但它与普通的勒索不同，因为我自愿为我女儿的教育和生活买单，而且我很开心这笔钱用在了她身

---

① 水合氯醛，镇静催眠药。

上。毋庸讳言。

"我没有预想过谋杀，虽然脑海里经常闪过杀人的念头，但从未付诸实践。我试图强迫自己采取行动，不是指杀人，而是把整件事告诉我女儿帕梅拉·埃克斯，我觉得她足够成熟，可以理解这段过往了。我打算摆脱丹宁小姐对我的控制，把所有秘密彻底毁灭，想办法把钱存入信托留给帕梅拉。但我被自己的软弱和拖延再次打败，等我下定决心想要行动的时候，一切都已经毫无意义了。

"我告诉过丹宁小姐，让她不要在那个周五下午来找我，我有一节额外的课要上。因为我希望在她来时能有时间告诉她我的想法，我觉得这样才光明正大。尽管如此，她还是来了，正如我预料的那样。就是怕她会来，所以我一直在花园里等着。我很愤怒，因为那天我没时间解释自己的想法，她的到来迫使我再度延长自己决心要结束的局面里。她站在回水区边缘，我冲了过去。她很少看到我那样生气，后来我才意识到，那时我手里握着一把修枝刀。她可能害怕我使用暴力，尽管我根本没往那上面想。她吓了一大跳，后退掉进了河里。她的身子横跨回水区，头正好淹没在临近对岸的河水里，但她落水时溅起了水花和泥浆，让我一开始没注意到她的头在水里。我等着她开始挣扎，感觉到一种卑鄙的胜利，但紧接着就变成了焦虑，不知道该怎样才能把她弄到屋里去，让她在不被发现来过这里的情况下拿到干衣服。

"然后我突然意识到她根本没动。我不知道发生了什么，但我猜是她的脑袋撞到了插在岸边的一根木桩上。我本来想直接跳进水里救她，但又立马犹豫了。显然我的女管家什么都没听到，房子里没有任何动静。我转过身在花园里大步走着，升起满腔的愤怒。她是自杀的，我对自己说，即便还没死，她也是正在自杀。她骚扰我、奚落我，不让我和女儿见面，对我毫无怜悯之心。

"既然法律都没规定我必须救她，我为什么要救呢？当然我这样是不对的。是我亲手毁了自己的人生，我原本有能力掌控它，可惜太过懦弱。

"一种邪恶的好奇心驱使我回到回水区。她静静地躺在水里。我害怕了，下水把她拖了出来。然而她已经死了。最好的计划就是把她放回独木舟里，我想到一个主意，把独木舟推回主河道去。我把她放在独木舟上的大衣拿下来，又把浮在水面的帽子捡了回来。

"然后我想起来3点钟还要去给沃森小姐上课。我想了想，决定用独木舟把尸体运下去。我猜想你找到了我的毯子，那是我从船屋里拿出来盖尸体的，后来扔进了渡船屋花园的灌木丛里。你还找到了沾满泥巴的湿裤子和鞋子，我用它们来替换旧的，那套旧的我一般放在船屋里，平时做园艺时会穿。沃森小姐应该对衣服还有印象。我边往下游划边想好了后面的计划。

"下午4点，我离开泊瑟芬学院，回到渡船屋花园，独木舟就停在废弃的船屋旁。我的想法是把独木舟掀翻，这样人们就会在河里发现尸体，在死因审理时就可以给出意外死亡的判决。我想这样一来，无论是我或是任何人都不会有被怀疑的危险。我把独木舟拉到离新洛德河的分岔口稍高些的地方，那里的水够深，可以把尸体冲进主河道里，但我没能把这个计划执行到底。我在岸边滑了一跤，独木舟漂到我够不着的地方，没有打翻。我没办法，只好把船桨也扔了出去。

"我不相信任何人。我的管家宾汉姆女士毫不知情。

"面对审判有什么用呢？就为了把我个人的私事，那些满是污秽的过往，还有别人想要保守的秘密，都赤裸裸地摊开在公众面前，任人猜测评说？严格来说，我并没有杀人，可我的良心判定了"莫特有罪"，我又如何能理直气壮地反驳这项指控呢？

"如果我句句属实，你会觉得这样的自责过于夸张吗？虽然你经常面对犯罪，但你可能没有意识到，对于一个特别憎恨暴力犯罪，却坚信自己在道德层面上有罪的人来说，这对他的内心产生了怎样的影响。而丹宁小姐和我女儿帕梅拉的关系加剧了我内心的恐惧。过去这三个可怕的日日夜夜里，我的脑子里一直回荡着这个念头。其间我见了帕梅拉一次，但我不敢再面对她了。

　　"书桌右上角的抽屉里有一些给帕梅拉的信件和照片。我不能给她写信。我本来酝酿好了要和她谈一谈，在谈话中她会了解全部的真相，肯定也会像她母亲那样诚实而勇敢地接受。可是当机会来临时，我却没办法再把真相告诉她了。不过或许她已经知道了。我只能祈祷她会展现出和她母亲一样的勇气，过好自己的人生，这也可以算是对她父亲失败的一生的一种补偿了吧。"

图书在版编目（CIP）数据

牛津谜案 / (英) 梅维斯·多里尔·海著；魏波珣子译. —
北京：中国青年出版社, 2019.7

书名原文：Death on the Cherwell

ISBN 978-7-5153-5713-3

Ⅰ. ①牛… Ⅱ. ①梅… ②魏… Ⅲ. ①长篇小说—英国—现
代 Ⅳ. ①I561.45

中国版本图书馆CIP数据核字（2019）第148393号

责任编辑：彭岩　刘晓宇

*

中国青年出版社 出版 发行

社址：北京东四十二条21号　邮政编码：100708

网址：www.cyp.com.cn

编辑部电话：（010）57350407　门市部电话：（010）57350370

北京中科印刷有限公司印刷　新华书店经销

*

889×1194　1/32　9.375印张　165千字

2019年9月北京第1版　2019年9月北京第1次印刷

定价：42.00元

本书如有印装质量问题，请凭购书发票与质检部联系调换

联系电话：（010）57350337